내가 좋아하는 것들, 달리기

내가 좋아하는 것들, 달리기

정주리 지음

스토리닷

신발 끈을 묶고 나갈 준비를 할 때 작은 행복감을 느낀다.
18쪽

"너, 너무 달리기에 빠지는 것 아니니?"
"에이, 아니야. 엄마 내가 알아서 잘해볼게."

31쪽

이따금 발이 닿는 순간의 감각에만 집중해 보았다.

65쪽

파이팅 한 마디가 레이스를 지속시키는 원동력이 된다.

89쪽

레디샷이라고 하는 흔히 마라톤대회 당일 착장도 사진으로 찍어본다.

93쪽

사람과 사람 사이를 연결해 주는 달리기가 참 좋다.

103쪽

오직 내 심장박동 소리와 호흡만이 귀에 맴돌았다.
142쪽

때때로 삶은 내가 예상했던 것과 다른 방향으로 흘러간다.

177쪽

차
례

에필로그

부록

프롤로그

운동화 끈 묶을 준비 되셨나요?

그동안 저는 다양한 운동을 시도해 보았습니다. 헬스장에서의 근력 운동, 빠른 발놀림과 손동작이 필요한 스쿼시, 자연의 아름다움을 탐험하는 스쿠버 다이빙까지. 각각의 운동은 저에게 새로운 세계를 열어주었지만, 시간이 지나면서 여러 이유로 금방 그만두게 되었습니다. 새로운 운동을 시도할 때마다 설렘과 흥미가 불꽃처럼 활활 타올랐지만, 그 불꽃이 사그라질 때면 '나에게 맞는 운동이 대체 무엇이 있을까?' 하는 고민이 꼬리에 꼬리를 물었습니다.

20대에 혼자 떠난 여행에서 런던의 하이드파크 풍경이 기억에 남습니다. 드넓은 공원 호수에 몰려있는 백조가 신기해서 샌드위치를 입에 물고 빤히 바라보고 있었는데, 귀에 이어폰을 꽂고 경쾌한 발걸음으로 공원을 누비며 달리는 사람들이 눈에 띄었습니다. 자유로운 복장으로 야외에서 햇볕을 쬐며 달리는 모습들이 인상적이었고 멋있었지만 이내 나와 다른 사람들이라고 생각해 버리기도 했습니다.

저는 영동대로의 회색 인간이었습니다. 쳇바퀴 같은 일상에서 눈을 감고 다시 떠도 제가 속한 공간은 변하지 않았습니다. 일이 끝나면 이미 어둠이 태양을 삼켜버린 뒤였고 운동은 나에게 사치 같다는 생각을 하면서 저 자신이 점차 흐릿해지는 듯한 기분을 느꼈습니다. 그러던 중 회사 동료가 제안한 10km 달리기 대회에 나가게 되었습니다. 처음에는 그저 조금의 호기심과 함께, 새로운 경험을 해보고자 하는 마음으로 참가를 결심했지만, 그 대회는 저에게 예상하지 못한 큰 변화를 가져다주었습니다.

어느새 달리기를 시작한 지 5년이 넘는 시간이 흘렀습니다. 달리기는 이제 제 삶의 중요한 일부가 되었습니다. 달리기의 가장 큰 매력은 시간과 장소에 구애받지 않는다는 점입니다. 집에 있는 가벼운 옷과 운동화만 있으면 어디서든 마음껏 달릴 수 있으니까요.

이제는 달리기가 주는 다양한 매력을 하나하나 경험하며 음미하게 되었습니다. 천천히 달리고 싶을 때는 산책하듯이 천천히 달리기도 하고, 마라톤 대회에 나가서는 빠르게 페이스를 조절하며 달리는 짜릿함도 즐깁니다. 처음에는 단순히 스트레스를 풀기 위해 시작한 달리기였지만, 점차 저를 변화시키는 힘의 원동력이 되었습니다. 달리기를 통해 몸과 마음의 균형을 찾을 수 있었고, 일상에서 놓치고 있던 작은 행복들도 재발견할 수 있었습니다.

신발 끈을 묶고 나갈 준비를 할 때 작은 행복감을 느낍니다. 평소에는 지나쳤던 동네의 풍경, 여기저기 살펴보며 산책하고 있는 귀여운 강아지들, 예쁘게 꾸며져 있는 카페와 상점들, 길가에 길게 늘어선 나무들, 분홍빛으로 물드는 노을을 바라보고 얼굴에 스치는 상쾌한 바람을 느낍니다.

달리기를 처음 시작할 때는 작은 목표부터 세우는 것을 권해드립니다. 처음부터 너무 큰 목표를 세우면 금방 지칠 수 있기에 일주일에 한 번 동네 두 바퀴 돌기, 혹은 3km 달리기 같은 작은 목표부터 설정해 보세요. 처음부터 빠른 속도를 내고자 무리하기보다는 본인의 몸 상태를 알 수 있도록 한 발짝씩 나아간다고 생각하면 조금 더 수월하게 달리기가 느껴질 것입니다.

여러분도 달리기를 통해 자신에게 새로운 활력을 불어넣어 보셨으면 좋겠습니다. 이 책이 여러분이 달리기를 조금 더 다가가기 쉬운 운동으로 생각하도록 도울 수 있기를 바랍니다. 신발 끈을 단단히 묶고, 이제 함께 밖으로 나가 보실까요?

어린 시절 달리기의 기억

"너는 참 엄마를 안 닮았어. 엄마는 어렸을 때 학교에서 달리기 대회를 하면 꼴찌였거든."

어린 시절 달리기에는 소질이 없었다는 우리 엄마가 종종 나에게 해주는 말이다.

초등학교 저학년 때 학교에서 뒷산 달리기 대회가 열렸다. 요즘 말로 하면 '트레일러닝대회'가 초등학교에서 열린 것이다. 물론 동네 뒷산이다 보니 거리는 그렇게 길지 않았던 것 같지만, 초등학생으로서는 꽤 먼 거리였으리라. 대회 시작 총성이 울려 퍼지고 나서 내 딴에는 정말 열심히 달렸다. 어린 나이에 요령을 알 리 만무하다. 그냥 열심히 냅다 달리다 보니 헉헉대며 달려서 정상을 찍고 내려왔고 그 결과 전교에서 3등을 했다. 학급수가 적었기에 좋은 결과를 얻었다고 생각하지만, 상품으로 받았던 붉은빛 끈으로 꽁꽁 묶여 있던 공책 한 묶음을 들고 집으로 가는 발걸음이 유독 가벼웠다. 태어나서 처음으로 내가 순위권 안에 든 순간, 묘한 감정도 함께했다.

고등학생 시절, 엄마와 동생과 함께 저녁에 마트에서 장을 보고 있었다. 어느 순간 카트를 천천히 밀고 있던 엄마의 얼굴이 하얗게 질렸다. 그런 엄마의 얼굴을 본 적이 없어서 물었다.

"엄마 왜 그래? 무슨 일 있어?"

"집에 가스 불을 켜두고 온 것 같아."

집과 마트까지는 걸어서 10분 정도 거리였기 때문에 그 말을 듣자마자 내가 다녀오겠다고 하고는 후다닥 달려갔다. 그때 시간을 쟀다면 어땠을까 싶을 정도로 정말 열심히 집으로 가서 서둘러 비밀번호를 누르고 문을 열어봤다. 집 안에 희뿌연 연기가 가득했다. 팔팔 끓다 못해 타고 있는 냄비가 연기의 원인이었다. 가스 불을 끄고 가스 밸브도 잠궜다. 온갖 창문을 다 열고 환기를 한 후 가슴을 쓸어내리고 전화를 걸었다.

"엄마, 불 껐으니까 걱정하지 마."

그때 엄마가 가스 불을 켜둔 것이 생각나지 않아 계속 느긋하게 장을 봤다면 어떻게 되었을까? 참으로 사람은 일어나지도 않을 일을 생각하는 이상한 버릇이 있다. 엄마는 내 달리기 덕분에 가스 불을 끌 수 있었다고 안도의 한숨을 내쉬었다. 그때를 생각해 보면 아직도 가슴이 철렁하다. 내가 성인이 되어 달리기를 한창 하고 있을 때, 달리기에 푹 빠진 나를 보던 엄마는 날씨 좋던 주말에 내 장단에 맞춰주겠다며 내가 혼자서 자주 뛰러 가던 큰 공원에 같이 가주었다.

"자, 준비 탕!"

엄마는 그렇게 100m 정도를 가서 장난기 어린 웃음을 짓는다.

"아이고 숨 찬다. 나는 여기까지야. 너는 더 달려도 돼."

"아냐, 엄마도 더 달릴 수 있다니까."

초록빛이 가득하던 그날 그 공원에서 우리는 그렇게 짧지만, 의미 있는 달리기를 했다.

엄마의 달리기 실력은 이렇고, 아빠는 본인의 달리기 실력에 대해 별말이 없지만, 내가 달리기를 좋아하게 된 건 분명 아빠를 닮아서이다. 지금도 여전히 작은 키로 부지런하게 다니기 1등인 아빠는 걸음걸이도 무척이나 빠른데 내가 어렸을 때는 지금보다 더 빨랐다. 유쾌한 고모들은 웃으면서 다람쥐같이 빠른 아빠를 보면서 말한다.

"애야, 작은 고추가 맵다잖아."

쉬는 날이 거의 없을 정도로 열심히 일을 하던 아빠는 그래도 쉬는 날이 있으면 가족을 데리고 나들이를 가거나 낚시터에 데리고 가곤 했다.

몇 살이었는지 모르겠다. 나의 세상이 엄마, 아빠, 우리 집과 이웃집이 전부였던 어린 나이였다. 아빠는 종종 나와 내 동생을 데리고 안개 낀 뒷산에 데리고 갔다. 우리가 기르던 진돗개 해피도 함께. 한참 산을 오르는 대장(아빠) 뒤로 어린 여자아이 둘이 꼭 붙어서 등산한다.

열심히 가던 길을 멈춘 아빠는 푸르른 풀잎을 한참을 들여다보고 만져본다. 나와 동생은 주변을 두리번거린다.

"이건 아빠 어렸을 때 산에서 따먹었던 찔레라는 거야. 한 번 먹어봐."

아빠가 따준 연두색 찔레순을 먹었는데 특유의 향이 났지만 맛도 나쁘지 않았다. 이걸로 나물도 무쳐 먹을 수 있는지 궁금했다.

산을 타고 흐르는 계곡 근처에서 아빠가 난생처음 보는 생물을 보여준다.

"이건 도롱뇽알이야. 여기서 나중에 도롱뇽이라는 도마뱀과 비슷한 친구가 태어난단다."

투명한 젤리 같은 기다란 모양 속에는 검은 점박이 알들이 박혀있었다. 어린 시절을 떠올리면 자연과 함께였다. 산에서 오디도 따먹고 도롱뇽알도 보고 올챙이도 보고 걱정 없이 흙냄새를 맡으며 자랐다.

요즘 아빠에게 달리기 대회 제안을 한다.

"아빠 달리기 대회는 5km나 10km 코스도 있어. 함께 나가보자."

아빠는 웃으며 손사래를 친다.

"아냐, 아빠 이제 못 달릴 거야."

그렇게 말해도 아빠가 마음먹고 달리게 되면 분명 잘 달릴 것이다. 찔레를 함께 따먹던 나의 어린 시절 아빠는 듬직하고 나에게 여러모로 큰 존재였는데 이제는 몸도 작아진 아빠를 보면서 많은 생각이 교차한다. 그래도 언젠가 아빠와 함께 달리기 대회에 나가서 완주하는 날을 그려본다.

달리기의 시작

회사에 다니고 나서 남은 것은 역시 사람이다. 업무 특성상 야근이 많은 회사에 다니면서 자연스럽게 마음 맞는 또래 친구들과 어울리게 되었다. 일 끝나고 맛있는 것을 먹으며 서로를 위로해 주는 낙으로 힘을 얻었다. 회사 근처에 맛있는 고깃집이 있었는데 월급날이 되면 팀은 다르지만 같은 회사이기에 친한 동료들과 함께 그 고깃집으로 발걸음을 향했다. 어느 날 K와 함께 고깃집에 가는 길, 서로 아는 다른 팀 사람을 불러볼까? 하는 생각에 그렇게 비슷한 또래인 J와 H를 부르게 되었다. 불판에 마늘 양념이 되어있는 고기가 익어간다. 같은 회사이기 때문에 팀은 달라도 공감되는 이야기들이 오간다. 이 고깃집의 고기만큼이나 유명한 사이드 메뉴 된장라면이 보글보글 끓으며 불판 위에 올라오고 지글지글 면을 건져 올릴 때 J가 본인의 취미는 달리기라고 한다. 어렸을 적 달리기를 좋아했던 기억이 스멀스멀 올라온다.

　"다 같이 그럼 10km 마라톤 대회부터 접수하고 나가봐요."

　J의 발언 그게 시작이었다. 나의 달리기가 다시 시작된 건. 뚝섬 쪽에서 10km 대회가 열린다고 했다. 뚝섬이면 집과 그렇게 먼 편도 아니고, 재밌을 것 같았다. 마음속에

점점 흥미가 솟구쳤다. 온라인으로 대회 접수를 하고서 동네 몇 바퀴를 천천히 달려보는 것으로 대회 준비를 했다. 그렇게 말 그대로 회사 사람들 몇몇이 모여 뚝섬에서 열리는 대회에 나가게 되었다. 그때만 해도 달리기 대회에 무엇이 필요한지 잘 몰라 페이스, 거리 등이 나오는 스마트워치는 당연히 가지고 있지도 않았다. 대회 착장은 그냥 레깅스를 입기에는 부끄러워 레깅스에 반바지가 붙어있는 하의에 위에는 민소매를 입고 스마트폰을 넣을 작은 크로스백을 어깨에 걸쳐 멨다. 지금의 나를 생각해 보면 아이러니한 첫 대회 복장이었다. 요즘 나의 대회 복장은 기록을 목표로 하는 경우에는 스마트폰도 무겁다며 짐을 맡겨버리는 것은 기본이고 상의는 민소매 운동복인 싱글렛, 하의는 쇼츠이다. 액세서리는 스마트워치를 차고 햇빛이 강할 때 고글을 착용한다.

대회 날 당일, 해가 쨍쨍하고 날씨가 좋았다. '뛸 때는 더우려나?' 생각하며 막 들어온 지하철을 탔다. 딱 봐도 마라톤 대회를 10번 이상은 족히 나간 듯한 전문가다운 복장에 고가의 러닝화를 신은 대회 참여자들 몇몇이 눈에 들어온다. 혼자 내적 친밀감을 느끼며 자리에 앉았다. 북적거리는 대회장에 도착해 보니 대회에 나온 사람들은 어딘가 상기되어 보였고 들떠 보였다. 나도 그 들뜬 마음속에서 볼이 한껏 상기되었다. 대회란 것은 무릇 총이 땅 하고 울리면 빨리 달리는 것이 아닌가? 대회가 시작되고 10km 대회가 처음이었던 나는 그냥 열심히 냅다 달리기 시작했다. 스포츠 브랜드에서 주관했던 오지 탐사대의 대원에 뽑히겠다고 한국체대에서 열렸던 2차 체력시험에서 열심히 오래달리기하던 때와 똑같았지만 그때와 비교해 10년이 지났고 그동안 나는 나이를 먹었다. 그저 숨차게 열심히 달렸다. 중간에 나오는 오르막이 꽤 높다. 요령 따윈 모른다. 그냥 꾸역꾸역 올라간다. '오르막이 있으면 내리막이 있겠지.' 이런저런 생각을 하면서 어떻게 끝났는지 모르게 첫 대회가 막을 내렸다. 결과는 58분. 10km를 처음 달려본 사람으로 이게 어떤 기록인지 감이 잡히지 않았다. 주변에서 잘했다고 처음에 이 정도면 잘 달린 거라고 말을 해줬다.

달리기에 재미를 붙여 이후에 회사 친구들과 또 나간 10km 대회는 마포대교를 달리는 대회였다. 지난번에는 자전거도 함께 다니는 뚝섬 한강 대회였다면, 이번에는 도로가 통제된 곳에서 러너들만 있는 마포대교를 뛰는 대회였는데 광활한 대교를 가로지르는 기분은 상쾌하기 이를 데가 없었다. 알록달록한 운동복부터 무채색 운동복까지 다양한 운동복 복장의 러너들을 보는 것도 나에게 있어서 새로운 경험이었다. '와, 정말 멋있다.' 거기 나온 사람들이 정말 다 멋있었다. 정확히는 이런 대회를 이렇게 즐기고 열심히 달린다는 모습 자체가 나이 불문하고 다 멋있었다. 특히 기억에 남는 것은 나이가 지긋한 백발의 할아버지들이 ○○ 마라톤 클럽이라고 등판에 새겨진 싱글렛을 입고 정말 열심히 달리시는 모습이었는데 그런 모습들이 나에게 꽤 인상적으로 다가왔다. 나도 저 멋진 할아버지처럼 나중에 나이를 많이 먹고도 달리기를 하고 싶다고 생각했다. 나는 그 대회에서 53분의 기록을 얻고 기록 단축의 즐거움을 제대로 맛보았다. 그때부터 달리기를 놓을 수 없게 되었다.

사람들과 함께 달리는 기쁨도 있었지만, 우선 처음에 달리기에 빠지게 된 계기는 기록 단축이 맞다. 사람들이 게임에 중독되는 이유는 캐릭터가 성장하고 레벨 업 하는 과정을 직접 확인하는 재미 때문이라는데, 나는 그걸 달리기에서 느꼈고 그 맛에 중독되어 버렸다. 그 뒤로 러닝크루에 들어가서 달리기 마일리지(누적 달리기 거리)를 유지하고자 했고 런태기(러닝 권태기)가 찾아올 때면 새로운 달리기 행사에도 참여해 보면서 극복하고자 했다. 대회에 나갈 때는 컨디션이 중요하기 때문에 전보다 술을 먹는 횟수도 줄었고, 집에도 빨리 들어가게 되었다. 그 결과 10km에 이어서 15km, 17km 거리를 늘리며 달리게 되었다. 그러다 10km 기록을 43분까지 줄이게 되었다. 여기서 개인적으로 더 줄이기는 힘이 들어 유료 클래스를 찾아서 듣게 되었고 좋은 코치님들을 만나 10km를 41분대까지 단축할 수 있었다.

대회에도 자주 나가고 달리기에 워낙 집중하다 보니 어느 날 엄마는 나를 지긋이 쳐다보며 걱정스러운 말을 하기도 했다.

"너, 너무 달리기에 빠지는 것 아니니?"

"에이, 아니야. 엄마 내가 알아서 잘해볼게."

어제의 나보다 한 걸음 더

달리기의 매력이 무엇이 있을까? 달리기의 매력이란 게 참 묘하다. 가벼운 운동복과 운동화 한 켤레면 가능하다는 것도 좋지만 한 번 빠지면 헤어 나오기 어려운, 중독성이 강한 운동이다. 사실 나도 처음에는 그저 바스락거리는 운동복을 잘 갖춰 입고 통통 튀는 러닝화를 신고 뛰는 게 좋다는 막연한 생각으로 시작했다. 그러다가 인생을 보는 관점 자체를 바꾸는 경험을 하게 되었다.

영동대로를 가로지르는 무역회사에 9년 동안 다녔다. 나름 성실히 일한다고 했고, 정말 열심히 일만 했다. 하지만 어느 순간 성과를 쌓아도 늘 무엇인가가 부족하게 느껴졌고, 유리천장이 나를 가로막고 있다는 느낌이 들었다. 그때부터 '정직함'에 대한 갈증이 생기기 시작했다. 노력한 만큼 결과가 나오는, 그런 단순하면서도 명확한 무언가가 필요했던 시기에 달리기를 만난 것이다.

달리기는 정말 정직한 운동이다. 어제 1km를 뛰었으면 오늘은 조금 더 나아져서 1.5km를 뛰게 되고, 내일은 2km, 시간이 지나면 5km도 거뜬히 달리게 된다. 달리기 거리가 늘어날수록, 속도가 조금씩 빨라질수록 스스로 '그래도 조금은 더 나아지고 있구나' 하는 작은 확신을 갖게 된다. 그렇게 '오늘도 나가보자.'라는 생각으로 운동화 끈을 묶었다.

어느 날, 함께 달리는 모임에서 17km를 달리는 번개 모임을 열었다. 탄천에서 양재천까지 가로지르는 코스였는데 사실 나도 그때 어떤 정신으로 17km를 달렸는지 모르겠다. 일단 '함께하는 친구들이 있으면 가능하지 않을까?'라는 생각이었다. 추운 날씨 속에 10명이 조금 안 되는 인원이 모였고 우리는 함께 그렇게 끝까지 힘을 북돋아 주며 완주를 할 수 있었다.

이후 하프 마라톤을 달렸을 때는 10km보다 거리가 늘어난 만큼 대신 속도는 조금 늦춰서 달릴 수 있다는 점이 좋았다. 페이스를 조금 늦추니 주변의 풍경이 눈에 들어왔다. 하프 코스에 이어서 풀코스 마라톤까지 달리게 되었을 때 느꼈던 성취감은 이루 말할 수가 없다.

한 걸음씩, 천천히라도 끝까지 나아가다 보면 반드시 내가 정직하게 성장하는 경험을 할 수 있었다. 이 모든 과정이 눈에 보이기 때문에 그 변화가 주는 기쁨은 말로 다 할 수 없다. 물론 짧은 시간 안에 변화가 이루어지지는 않는다. 마치 달리기는 시간을 들이고 공을 들여서 굽고 한참동안 기다려야 하는 도자기 같다고나 할까.

내가 이뤄낸 작은 성취가 모여 큰 변화로 이어지는 경

험을 하며 달리기가 생활의 일부가 되었다. 달리기와 함께하는 삶은 나에게 더 다양한 경험을 통해 삶을 다채롭게 만들었고, 더 나은 내가 되기 위한 계기를 만들어 주었다. 여러 분야의 다양한 사람을 만나게 되었고 스포츠 브랜드와 협업도 하게 되었다.

펀런(Fun Run), 즉 기록에 구애받지 않고 즐겁게 뛰는 러너들이 느끼는 달리기의 매력은 또 무엇일까? 지인인 W는 이렇게 말한다.

"한때 기록 욕심이 많았는데, 이미 러닝 바깥세상에서도 나름대로 삶을 치열하게 살고 있는데 러닝까지 계속 기록을 깨야 한다고 하니까 부담이 되더라. 점점 내가 설 자리가 없는 것 같아서 그때부터 러닝을 꼭 빠르게 해야 한다는 부담감을 내려놓게 되었어. 그 이후로 러닝을 대하는 시선이 달라졌어. 나에게 있어서 펀런은 꼭 힘들지 않은 달리기가 아니고, 운동 효과는 나게 적당히 땀이 나는 정도로 달리는 거야. 다만 육체적으로 정신적으로 에너지를 모두 소진하지 않을 정도로만 뛰어. 적당한 수준으로 뛰게 되면 몸을 깨우고 활력도 돌아서 몸에게 일어나라고 신호를 주는 것 같아. 나에게 달리기는 이제 새로운 에너지를 만드는 시간이 되었어."

그녀는 개발자로 야근이 많고 퇴근 후 집에서도 일을 하는 진짜 워커홀릭인데, 그녀에게 달리기란 적당한 운동도 하면서 스트레스도 해소할 수 있는 하나의 취미였다. 그녀의 말처럼 달리기는 무한 경쟁 시대에서 또 다른 사람의 속도에 굳이 구애받지 않아도 되는 것이 큰 매력이다.

"기록 향상보다는 달리기 그 자체를 즐기는 게 좋아요. 회사, 공부, 취업 등으로 치열하게 사는 우리에게 러닝으로라도 스트레스를 풀거나 활력이 되는 게 매력이라고 생각해요."

서울에서 기관사로 일하고 있는 P도 교대 근무 속에 활력을 찾기 위해 달리기를 하고 있다. 오히려 그들에겐 달리는 과정 자체가 하나의 즐거움이다. 목적지가 어딘지, 속도가 빠른지 느린지 상관없이 자연을 보고 느끼고 한적한 길을 걷듯이 달리기를 즐긴다. 자신을 혹사하지 않고, 심장이 뛰는 대로 자연스럽게 나아가는 이들은 달리기에서 소소한 행복을 발견한다.

"국내 마라톤도 좋지만, 해외에 나가서 달려보니까 응원 수준이 정말 대단해. 처음부터 끝까지 응원단이 빽빽했어. 끝도 없는 응원을 받으면서 달리니까 전 구간이 지루하지 않더라고. 이런 러닝 문화도 있다는 것을 알았고 앞으로 다른 해외 마라톤도 나가보고 싶어."

최근 해외 마라톤을 위해 시카고에 다녀온 친구 Y는 이렇게 말한다.

사실 기록을 위해서든 즐거움을 위해서든 달리는 사람은 모두 러너가 아닐까. 나는 처음에는 기록형 러너였고 기록을 줄이는 것에 기쁨을 느끼면서 성장했지만, 중간에 부상도 겪고 여러 가지 경험을 하면서 펀런의 소중함도 알게 되었다.

무언가에 얽매이지 않고 자유롭게 달리고, 그 과정에서 한결 가벼워진 자신을 발견하는 기쁨이야말로 달리기가 주는 보상이다. 어떤 사람은 기록을 세우며 자기만족을 찾고, 어떤 사람은 자연 속에서 마음의 평안을 얻는다. 그들이 얻는 보상은 서로 다르지만, 결국 모두가 달리기의 매력에 빠지게 된다.

'달리기를 해볼까?' 마음먹고 나서 처음에는 발 한쪽 떼기가 힘들더라도, 며칠만 반복하다 보면 어제보다 조금 더 나아진 자기 모습을 만나게 될 것이다.

나 한 그릇 더 먹어도 될까

먹기 위해 운동하는 사람. 그게 바로 나다. 세상에는 맛있는 게 참 많고 거리에도 맛집이 즐비하다. 온갖 미디어에서는 맛집 정보들이 가득하고 유명한 쉐프들의 요리를 방송해 주기도 한다.

달리기를 하다 보면 아무래도 상대적으로 체중이 덜 나가는 것이 속도 면에서는 유리한 것이 사실이다. 하지만 달리기하면서 '다이어트 해야 하니까 조금만 먹어야 해.' 이런 강박관념은 많이 사라졌다.

첫째, 어차피 달리기를 하면 열량을 태우기 때문이다.

둘째, 초절식을 하지 않아도 적당한 양으로, 어떤 것을 먹느냐가 중요하다.

셋째, 오래 달리기를 하기 위해 필수적인 에너지원이 바로 탄수화물이다. 탄수화물은 다이어트의 적이라고 하지만 달리기하는 러너들에게 탄수화물은 몸의 필수적인 연료이다. 이 때문에 쌀밥, 빵, 면을 전보다 자유롭게 먹을 수 있다.

물론 그렇다고 너무 많이 먹으면 살이 찌긴 찐다. 그래도 전과 비교하면 마음 편하게 밥을 먹을 수 있다. 탄수화물, 단백질, 지방 중 탄수화물의 비중을 높여서 먹는 편이다. 특히 하프, 풀코스처럼 거리가 있는 마라톤을 준비할 때는 연습하면서 달리는 거리가 늘어나다 보니 몸에서 연료가 부족해 탄수화물을 많이 찾게 된다.

집 근처에 내가 좋아하는 콩나물국밥집이 있다. 이 집 콩나물국밥을 좋아하는 이유는 콩나물 국물과 잘게 썬 오징어의 조합이 좋아서 그리고 이곳에는 조미된 김이 준비되어 있는데 콩나물국밥에 하나씩 얹어 먹으면 그 맛이 일품이기 때문이다. 한 번은 30km 장거리 훈련을 하고 어김없이 그 국밥집에 들어갔다. 아무래도 반찬은 젓갈, 김치 등 간단하다 보니 국밥 한 그릇을 먹어도 배가 차지 않았다.

"나, 한 그릇 더 먹을게."

남편에게 말하고 공깃밥 두 그릇을 싹 비웠다.

"저기……. 나 한 그릇 더 먹어도 될까?"

남편 앞에서 그렇게 밥 세 공기를 먹은 건 그때가 처음이었다. 뭐, 사실 부끄러워할 것도 아니었지만 배가 차지 않는 내가 뭔가 멋쩍었다. 한창 장거리 훈련을 하는 걸 아는 남편이었다.

"응, 오늘 배가 많이 고팠나 보다. 더 먹어."

그날 나는 콩나물국밥에 김을 많이도 얹어 먹었다.

집에서 해 먹는 것 중에 집 반찬을 곁들인 한식을 제외

하고는, 오일파스타를 제일 많이 해 먹는다. 잘 달궈진 프라이팬에 통마늘을 쫑쫑 편 썰어 넣고 페페론치노 그것도 없다면 청양고추도 괜찮다. 조금 넣어서 함께 달달 볶다가 어느 정도 색이 나면 삶아놓은 면을 넣고 볶다가 면수도 조금 넣어준다. 이때 팬을 열심히 들고 흔들어서 만테카레(이탈리아어로 버터와 기름을 섞다라는 뜻)를 해준다. 파스타는 순수 탄수화물이라서 좋고 무거운 재료가 들어가지 않아서 더 담백하다.

어느 날 집에 건빵 4kg 포대가 배달온 적이 있다. 뻑뻑해서 좋아하지도 않는 건빵이 무슨 쌀 포대에 배달이 오나 어안이 벙벙했는데 알아보니 10년 차 마라토너 남편이 배달시킨 건빵이었다.

"이게 무슨 일이야? 건빵을 왜 이렇게 많이 시켰어?"

"건빵은 고탄수화물이어서 식사 대용으로도 훌륭해. 버터를 쓰지 않아 기름지지 않고 구운 거라 속이 더부룩하지 않아."

"아, 그렇구나. 당신 많이 먹어."

남편 말에 고개를 끄덕끄덕했지만, 나는 다른 탄수화물을 먹으련다. 사람마다 취향에 맞는 음식을 찾는 것도 중요하다.

블루베리도 자주 먹는다. 생블루베리를 먹으면 좋지만, 양에 비해 가격이 비싸므로 냉동 블루베리를 사두고 먹을 만큼 덜어서 씻어서 먹는다. 부드러운 음식을 좋아해서 어떤 친구는 나보고 할머니 입맛이라고 말하지만 이건 개인적인 취향이다. 이가 너무 시린 건 싫어서 씻어서 부드럽게 만든 후 먹는다. 달리기를 해서 볼살이 조금씩 빠져간다. 괜스레 나이가 더 들어 보이는 것 같기도 하다. 항산화 효과가 좋다는 블루베리를 우유 100ml에 바나나 하나를 넣고 갈아서 스무디로 먹어도 좋다. 뭘 뿌리지 않아도 바나나에서 단맛이 나와서 스무디에 별것이 들어가지도 않았는데 꽤 괜찮다. 집에 레몬즙이 있다면 조금 첨가해서 먹으면 조금 더 상큼한 맛으로 먹을 수 있다. 이 스무디 레시피를 SNS에 짧은 영상으로도 만들어서 올렸는데 실제로 주변에 이 스무디를 따라서 종종 갈아 먹는 동생이 있다. "이거 해 먹었어요." 하고 종종 인증사진을 보내주는 동생을 보면 참 웃기기도 하고 그래도 따라 만들어 먹는다니 기특하기도 하다.

커피도 평소에 참 자주 먹는데 달리기를 위해 먹는다기보다는 원래 자주 마신다. 평소 습관처럼 마시다 보니 카페인 효과를 평상시에는 잘 못 느끼는 편이다. 다만 중요한 대회를 앞두고 나서는 커피를 2, 3일 먹지 않다가 대회 직전에 먹는 것이 카페인의 효과를 보기에 좋다.

대회 중에 먹는 파워젤은 호불호가 많이 갈린다. 끈적이는 제형도 있고 물 같이 잘 흐르는 제형도 있기에 이 부분은 몇 군데 브랜드 제품을 먹어보면서 본인과 맞는 것을 찾는 것이 중요하다. 나 같은 경우에 끈적이는 제형은 좋아하지 않고 대회 중에 빠르게 섭취할 수 있게 물 같이 흐르면서 맛도 무난한 것을 좋아한다.

영양제의 경우 종합비타민과 철분제 정도를 챙겨 먹는 편인데, 영양제는 사람마다 맞는 것이 다르므로 전문의의 의견을 들어본 후에 소견에 따라 몸에 맞는 것을 섭취하는 것을 추천한다.

마라톤 대회 전이라고 몸에 좋다는 안 먹던 것을 찾아서 먹기보다는 기존에 먹던 것을 먹는 것이 탈 나지 않고 대회를 뛰는 방법이다. 익숙한 한 끼가 나의 몸을 지켜줄 것이다.

스트레스를 받을 때는 한강으로

스트레스를 받을 때마다 내가 제일 먼저 떠올리는 곳이 있다. 바로 한강이다. 달리기를 사랑하게 된 데는 여러 이유가 있지만, 그중에서도 스트레스를 해소하기 위해 달리기만큼 좋은 방법은 없다.

어릴 적부터 우리 집 가훈은 '하면 된다'는 것이었다. 아빠는 항상 긍정적인 사고가 모든 것을 해결할 수 있다고 믿었고, 그 말을 자주 내게 들려주었다. 그러면서 당신도 긍정의 아이콘이 되어 살기를 바랐던 것 같다. 어릴 적에는 아빠의 가르침처럼 세상 모든 일이 마음 먹은 대로 풀릴 것 같았다. 마치 크리스마스에 산타할아버지가 내가 원하는 선물을 줄 것만 같았다고나 할까?

사회생활을 하다 보면 모든 것이 내 마음 같지 않아서 가끔은 '하면 된다'는 그 마음도 흔들리기 시작한다. 인생이 항상 내가 계획한 대로 흘러가진 않는다는 것을 알게 되었고, 긍정적인 마음도 '이거 안되겠네'라는 체념으로 바뀌는 순간도 자주 찾아온다. 이런 상황에서 도망치지 않고 어떻게든 긍정적으로 살아내야 한다는 생각은 인생에 도움이 되었지만, 한 편으로 지칠 때도 있다. 그럴 때마다 나는 운동복을 챙겨 입고 한강으로 간다. 그곳에서 달리면서 마음을 비우고, 다시 차오를 힘을 찾곤 한다.

무역회사에 다닐 때 해외 유관 부서에 아빠뻘 되시는 실장님과 이야기하다가 정말 답답함이 목구멍까지 찰 때가 있었다. 간단하게 말하자면 그 실장님과 일하는 한국인 관리자는 나 하나였는데 매일 매일 업무차 연락을 할 수밖에 없는 상황이었다. 해외에 계셔서 전화, 메일, 메신저로 일을 해야 했다. 금액적인 부분을 협의해야 하는 일이 많았는데 나이를 떠나서 기술자이신 실장님은 멋진 기술자이신 만큼 본인의 고집도 꽤 강하셔서 오랜 기간 최대한 그의 기분에 맞추며 일을 했었다.

다만 그 겨울날은 정말이지 도저히 참을 수 없는 날이었다. 실장님과의 논쟁 끝에 점심시간이 되자마자 답답한 사무실을 벗어나 가까운 탄천으로 달려 나갔다. 겨울이었기에 갈아입어야 할 옷도 참 많았다. 탄천 화장실에서 옷을 빠르게 갈아입었다. 긴팔에 위엔 경량 패딩 조끼를 입고 아래는 기모레깅스를 입었다. 지금 생각하면 웃기지만 짐 보관을 할 수 있는 곳이 딱히 없어서 수풀 속에 옷을 싼 가방을 던져서 대충 숨겨두고 압구정 방면으로 빠르게 달리기 시작했다. 아직도 생생하게 기억나는 달리기 총거리 8km. 회사 점심시간이 1시간 30분이었기에 가능했던 러닝이기도 했다. 그렇게 달리고 나니 정말 신기하게도 참을 수 없었던 스트레스가 확 풀렸다. 원래 나는 밥심으로 산다고 생각하는 사람이라 간단하게 끼니를 때우는 것을 싫어하는데 점심시간 달리기로 밥 먹을 시간은 당연히 없었다. 급하게 직장인 차림새로 다시 갈아입고 회사로 복귀하는 길에 편의점에 들러서 달걀샌드위치를 사서 급하게 끼니를 때웠다. 그날만큼은 밥을 포기할 정도의 날이었으리라.

이렇게 케케묵은 마음을 풀어주는 것이 바로 나에게는 러닝이었다. 한강에 도착하면 가장 먼저 공기부터 다르다는 느낌을 받는다. 서울이라는 도심 속에서도 한강은 여유와 평온을 준다. 꽃과 풀에서 피어오르는 은은한 향과 강에서 나는 시원한 물 냄새가 자연스럽게 어우러져, 머릿속이 맑아지는 듯한 기분이 든다.

'이런 풍경 속에서 달리다 보면 나도 힐링될 수 있겠지?' 하는 생각이 스며들어 온다. 한강 길을 따라 천천히 걸어가다 보면 낚시하는 사람들도 보인다. 한강에서 무언가를 잡아 올리려는 이들의 모습이 나에겐 늘 신기하게 느껴진다. 물고기가 잘 잡히는지 궁금하달까.

달리면서 보이는 사람 중에는 돗자리를 깔고 소풍을 즐기는 사람도 많다. 한강의 넓은 잔디밭은 도심 속에서 가질 수 없는 여유와 평온을 제공해 준다. 그들은 과자와 치킨을 나누어 먹으면서 웃음꽃을 피우고 있다. 사실, 나도 한강에서 소풍 즐기는 것을 좋아한다. 푸른 잔디 위에 앉아 한강을 바라보는 것은 그 자체로 힐링이니까. 그래도 달리기를 시작하는 순간에는 이런 유혹을 뒤로하고 가벼운 발걸음으로 한강 변을 달린다.

발걸음이 강바람을 맞으며 빠르게 나아갈 때, 나는 이내 머릿속의 잡념들이 하나씩 사라지는 것을 느낀다. 숨이 차오르면서 자연스럽게 내 생각의 무게도 가벼워진다. 머릿속을 꽉 채웠던 복잡한 고민이 희미해지면서, 그 자리를 한강 바람과 물소리가 대신하는 것이다. 한강에서 달리는 동안 가장 큰 위안이 되는 순간이다. 세상의 걱정을 이 한강의 물살을 따라 흘려보내는 느낌이 든다.

달리다 보면, 나처럼 달리는 사람들을 종종 만난다. 그들의 표정에는 비슷한 피로감이 깃들어 있지만, 동시에 나와 같은 결심이 담겨 있는 것처럼 보인다. 힘들어도 그 끝에 무엇이 기다릴지 알고 있기에 포기하지 않고 발걸음을 이어나가는 것이다. 나만 힘든 것이 아니라는 것을 알게 되면 이상하게도 힘이 난다.

한강을 달리면서 매번 새로운 풍경을 발견한다. 아침이

면 한강 위에 물안개가 피어오르고, 저녁이면 노을이 퍼지며 하늘이 핑크빛으로 물든다. 늘 그렇듯 일몰의 장관은 매번 나의 발길을 사로잡는다.

아름다운 장소가 많은 한강 구간 중에 내가 가장 좋아하는 구간은 잠실대교에서 광나루 한강공원으로 이어지는 길이다. 광나루 한강공원에는 큰 나무들이 우거져 있어 자연을 더 가까이 느낄 수 있다. 이 구간은 계절마다 색다른 매력을 뽐낸다. 봄이면 연둣빛으로 물들고, 여름에는 녹음이 우거지며, 가을에는 단풍이 물들어 다채로운 색감을 자랑하며 겨울에는 고즈넉한 분위기가 감돌아 또 다른 매력을 느낄 수 있다.

특히 광나루 한강공원에 5월에 방문하면 활짝 피어있는 장미꽃을 볼 수 있다. 장미꽃 사이를 가로지르며 달리면 어느새 나 자신도 꽃봉오리처럼 활짝 피어오르는 기분이 든다. 잠실대교를 지나 압구정 방향으로 가면 남산타워가 한눈에 들어오는 도시적인 뷰와 함께 멋진 야경이 펼쳐진다. 붉게 물든 하늘 아래, 한강은 모든 고민을 흘려보내는 거울이 되고, 나는 그 속에서 평온을 되찾는다.

여름에는 시원한 산 달리기

한여름 땡볕에 달리다 보면, '지금, 이 날씨에 달리는 것이 맞나?'라는 의문이 든다. 그럴 때 달릴만한 장소로 추천할 만한 곳이 바로 산이다. 여름에도 나무 그늘로 시원한 산은 도심과는 다른 공기와 풍경을 느낄 수 있다. 흙길은 발에 닿는 촉감이 부드럽고 산에서 나오는 상쾌한 공기와 자연의 소리는 몸과 마음을 정화한다.

길이 다른 산과 비교하여 비교적 고른 편이고 초보자도 갈만한 곳이 바로 서울 강동구의 일자산이다. 일자산은 낮은 산이기에 산행 초보자부터 가벼운 트레일런도 가능한 곳으로 러너들에게 인기가 많다.

산 입구부터 초보자들이 부담 없이 달릴 수 있도록 코스가 잘 정돈되어 있다. 매년 여름이 되면 운동 친구들과 일자산을 가끔 달린다. 초보자들은 3~6km를 달리고 상급자들은 10km 이상을 달린다. 나는 그곳의 울창한 나무와 푹신한 흙길을 좋아한다. 발이 흙에 닿을 때마다 미세하게 충격이 흡수되는 느낌과 흙 특유의 차분한 냄새가 여름을 좀 더 견딜 만하게 만들어 준다. 게다가 도심의 바닥처럼 뜨거운 것도 아니니 덜 끈적거리고 상쾌하게 달릴 수 있다. 흙으로 되어있는 푹신푹신한 산길을 오르락내리락 달리다가 뒤에 오는 친구들을 잠시 기다린다. 다시 그룹이 형성되면 또 달려 나간다. 모두가 힘이 부치는 오르막 구간에서는 서로의 응원이 절실하다. 이 구간만 지나가면 된다고 응원을 주고 받는다. 사람마다 동기부여를 위한 응원방식은 다르지만 나는 보통 "조금만 참아, 곧 내리막이야!"라고 말하곤 한다. 물론 그 '조금'이 1분인지 5분인지는 나만 알고 있다. 속으로는 "이게 바로 러너의 농담이지!"라며 혼자 웃음을 짓는다. 이렇게 오르막을 버티고 나면 내리막길에서는 바람을 가르며 속도를 낼 수 있어 기분이 상쾌하다.

러닝을 마친 후 정상에서 먹는 수박은 정말로 잊을 수 없다. 한 친구가 마트에서 사 왔다는 수박을 아이스박스에 넣어서 우리가 휴식을 취하고 있는 곳까지 짊어지고 왔다. 모두 땀을 흘리며 서로의 얼굴을 보며 감사함과 반가움의 웃음을 터뜨린다. 큰 수박을 나눠 들고 한 입 베어 물었더니 그 달콤함과 촉촉함이 몸속 깊이 스며든다. 특히, 땀을 많이 흘리고 난 뒤라 그런지 그 수박이 황홀하게까지 느껴진다. 단순히 수박을 먹는 것이 아니라, 함께 달리고 웃으며 나누는 그 순간이 더없이 소중하다.

맛있는 것을 나누어 먹는 소중한 시간. 누군가는 산이 처음이었는데 생각보다 달릴만했다는 의견을 내놓고 누군가는 정말 너무 힘들어서 다시는 안 오겠단다. 반면 이제 남산을 쉽게 달릴 수 있을 것 같다와 같은 다양한 이야기가 오간다. 푸르른 나무들과 시원한 공기에 힘들었던 순간이 금세 미화된다.

"역시 일자산은 다 같이 와야지 힘이 난다니까. 다음에 또 함께 오자."

러닝 후 내려와서 먹는 밥은 딱 열 배로 맛있다. 산 입구에서 내려오면 입맛을 돋우는 밥집이 줄줄이 있다. 쌈밥집은 물론이고 다양한 메뉴들이 반겨준다. 여름에 러닝으로 산을 오른 뒤 여유롭게 식사하면 얼마나 성취감이 느껴지는지 모른다. 쌈밥집에 방문해 불고기 쌈밥과 제육쌈밥을 골고루 시킨다. 고기 한 점을 상추에 싸 먹고 밥을 한 숟가락 먹는다. 운동도 했겠다, 맛있는 쌈을 입에 넣고 나니 온몸이 다시 살아나는 기분이 든다. 산을 오르내린 후에 먹는 밥은 그냥 한 끼가 아니다. 온몸을 다 써서 얻은 '진정한 밥상'이라고 할 수 있다. 땀 흘리며 달렸던 피로가 식탁 위에서 천천히 풀리며 한층 더 깊은 만족감이 느껴진다. 고기를 한 점 한 점 싸 먹으며 대화를 나누는 시간도 매우 즐겁다. 달리면서 소진된 에너지를 채우는 시간이기도 하고, 함께한 이들과 땀 흘린 이야기를 나누는 시간도 된다.

하루는 초보 러너인 친구가 일자산 러닝에 처음 도전했다. 그 친구는 시작 전부터 긴장한 기색이 역력했지만, 천천히 페이스를 맞추어 달리다 보니 점차 안정을 찾아갔다.

"이거 너무 힘들어. 못하겠다."

오르막에서 그렇게 말하던 친구는 끝나고 나서 말한다.

"생각보다 괜찮았어. 다음에 또 와야겠다."

서울 중구에 있는 남산도 달리기 훈련하기에 좋은 곳이다. 우선 접근성이 좋은 남산은 달리는 주요 코스가 대부분 아스팔트 길로 이루어져 있지만 그만큼 바닥이 고르게 되어있고 오르막 내리막이 적절하게 섞여 있어 운동하기에 좋다. 어느 날 남산을 12km 달리다가 갑자기 쏟아지는 빗줄기에 잠시 당황했지만, 여름날 적당하게 쏟아지는 비는 오히려 몸을 시원하게 만들어 주었다. 빗물이 나뭇잎 사이로 떨어지는 소리와 발밑에서 찰박거리는 감촉이 크게 나쁘지 않았다.

경북 문경시에 있는 문경새재도 특별한 훈련을 원한다면 추천한다. 우선 이곳은 산에 올라갈 때 중간중간 작은 계곡이 있어 발을 담그면서 자연을 온몸으로 느낄 수 있다. 보통 산을 달리다 보면 오르막도 나오고 내리막도 나오기 때문에 내리막길에 휴식을 조금 취할 수 있는데 문경

새재는 내리막은 없고 정상까지 계속 오르막길만 나오기 때문에 난이도가 상당하다.

"아니, 이렇게 정말 오르막만 있다고요?"

훈련하는 클래스에서 단체로 간 곳이고 이미 나는 함께 달리는 그룹에 들어가서 달리기를 하고 있는 중이었다. 중간에 포기하고 싶지 않아서 열심히 달렸다. 아마 혼자였다면 중간에 포기했을 것이다. 함께 갔기 때문에 끝까지 이를 악물고 달릴 수 있었다. 내려오는 길에는 킹덤 등을 촬영한 드라마 촬영지도 있어서 구경할 거리도 쏠쏠했다.

산에서의 여름 러닝은 늘 나에게 특별한 의미로 다가온다. 산의 매력은 단순히 풍경이나 코스에 그치지 않는다. 산을 함께 달리는 사람들, 그들과 나누는 대화, 산에서 얻는 작은 행복들이 모두 어우러져 완벽한 경험을 만든다.

언제나 그렇듯이 다음 여름에도 나는 또 어느 산을 갈지 고민하고 있을 것이다. 그곳에서 다시 한번 나무 그늘 아래를 달리고, 흙길의 촉감을 느끼며, 함께 웃고 달리는 즐거움을 만끽하고 싶다.

달리면서 쓰레기도 줍는 쓰담 달리기

마지막으로 길에서 쓰레기를 주워본 기억이 언제였는지 가물가물하다. 아마 초등학교에 다닐 때, 방송국에서 우리 학교를 취재하러 온다고 해서 전교생이 미리 화단 청소와 학교 청소를 했던 때가 마지막일 것이다.

어느 날, 달리기를 시작한 지 얼마 되지 않아 '플로깅'이라는 활동을 알게 되었다. 플로깅의 의미는 스웨덴어 'plocka upp(줍다)'와 영어 'jogging(조깅)'의 합성어로, 조깅하면서 주변에 떨어진 쓰레기를 줍는 행위를 뜻한다. 우리말로는 쓰담 달리기이다. 내가 좋아하는 활동을 하면서 환경에도 도움이 될 수 있다니 묘한 끌림을 느꼈다. 달리기하는 동안 주변 환경을 조금이라도 더 깨끗하게 만들 수 있다는 생각에 마음이 가벼워졌고, 그 아이디어를 실행해 보겠다는 결심이 확고해졌다.

쓰담 달리기를 한번 해보자고 마음먹고 집에서 집게와 장갑, 비닐을 꺼냈다. 가벼운 러닝복과 운동화를 신고 나선 첫 쓰담 달리기의 기억은 지금도 생생하다. 우선 쓰담 달리기할 때는 빨리 뛸 필요가 전혀 없다. 주변 쓰레기를 찾아야 하므로 천천히 조깅 페이스면 충분하다. 조깅이 어렵다면 처음에는 빠르게 걷기로 시작해도 괜찮다. 나도 처음엔 조금은 어색했지만, 어느새 그 속도에서 아주 즐겁고 만족스러운 기분을 느낄 수 있었다. 거리에서 쓰레기를 줍고, 때때로 길가에 앉아 바람을 맞으며 잠시 숨을 고른다. 모든 것이 조화롭게 어우러지는 순간이었다. 조용한 아침, 공원의 아침햇살과 신선한 공기 속에서 쓰레기를 줍는 것은 마치 내 마음을 정화하는 시간처럼 느껴졌다.

처음에는 혼자 쓰담 달리기하다가 함께 달리는 친구들과도 쓰담 달리기를 해보고 싶어졌다. 그래서 바로 러닝크루 운영진들에게 우리만의 플로깅 키트를 제작하자고 제안했다. 운영진들이 흔쾌히 동의해 준 덕분에 준비물들을 빠르게 갖출 수 있었다. 준비물은 러닝크루 이름이 적힌 비닐봉지와 목장갑이 전부였다. 크루용 플로깅 키트를 제작한 뒤 한여름의 플로깅이 시작되었다. 신선한 공기를 마시며 주로 한강 주변을 돌았는데, 산책 중이던 어르신들께서 칭찬을 해주셨다.

"젊은 친구들이 참 착하네. 미래가 밝네. 허허."

"와, 쓰레기 줍는 거예요? 정말 감사합니다."

칭찬을 들을 때마다 마음이 따뜻해졌다. 처음에는 쑥스럽고 어색했지만, 점점 달리기를 통해 시작한 이 활동이 뿌듯하게 느껴졌다. 잎이 흔들리는 나무 사이를 천천히 조깅하며 눈에 보이는 쓰레기를 주워 담았다. 물론 한강이 잘 관리되어 있긴 했지만, 이용객이 많아 생각보다 다양한 쓰레기가 눈에 띄었다. 페트병, 캔, 빨대, 비닐봉지, 담배 꽁초 등…….

어느 날은 국내 유명 숙박 브랜드에서 '쓰봉크럽'이라는 이름으로 단체 플로깅을 제안했다. 우리는 잠수교 한강 주변에서 플로깅을 진행했다. 쓰레기를 찾기 위해 각자 흩어져 열심히 주변을 살폈다. 모두 '쓰봉크럽'이 적힌 빨간 장갑을 끼고, 모자를 푹 눌러쓴 채 열정적으로 쓰레기를 주웠다. 깜깜한 밤이라 쓰레기가 잘 보이지 않아 손전등으로 주변을 비추며 작업을 이어갔다. 한편으로는 잠수교 음악분수가 뿜어내는 형형색색의 물줄기를 바라보며 낭만을 느끼기도 했다. 그 순간, 비록 쓰레기를 줍는다는 사실은 단순하지만, 그 작업이 주는 의미가 크다는 것을 깨닫게 되었다. 우리가 지나친 작은 것들이, 우리가 챙기지 않은 것들이 이 세상을 조금씩 망가뜨리고 있다는 사실을 다시 한번 떠올리게 되었다.

쓰레기를 줍는 동안 다양한 이야기들이 오갔다. 한 친구는 자신의 어린 시절을 떠올렸다. "어렸을 때 할아버지랑 바닷가에 놀러 갔는데, 할아버지가 해변가에 흩어져 있는 쓰레기를 주우셨거든요. 저도 옆에서 따라서 주웠던 기억이 나요."

또 다른 친구는 플로깅이 운동 효과도 큰 것 같다고 했다.

"달리다가 멈춰서 쓰레기를 줍다가 다시 달리고 이거 빨리 달리다가 천천히 달리고 다시 빨리 달리는 인터벌 트레이닝 같다. 하하."

쓰레기를 주운 후, 모두가 리워드를 받게 되었다. 리워드는 무려 숙박 할인권이었다. 단순히 쓰레기를 줍는 활동에서 보상까지 얻게 된다니, 작은 실천이 가져온 선물이 아닐까 싶었다.

플로깅을 하다 보면 다양한 감정이 교차한다. 처음에는 쓰레기를 줍는 일이 조금은 어색하지만 칭찬을 들을수록, 봉투가 점점 차는 것을 볼수록 자부심이 생겼다. 단순히 쓰레기를 줍는 것이 아니라, 내가 사는 환경을 조금 더 깨끗하게 만드는 일이라고 생각하니 마음이 따뜻해졌다. 더 나아가 이 작은 활동이 다른 사람들에게도 영향을 미친다면, 그건 정말 큰 의미가 있는 일이 아닐까?

어느 고요한 아침에는 혼자 비닐봉지를 들고 동네 공원을 걸었고, 또 다른 날에는 친구들과 함께 모여 쓰레기를 주웠다. '그린하이커'라는 활동을 통해 산에서도 쓰레기를 줍는 경험을 했다.

"이거 생각보다 꽤 뿌듯한 일이네요."

"운동도 되고 환경도 지키고, 일거양득이네요."

그때마다 나는 '작은 실천이 모여 큰 변화를 이룬다'는 사실을 되새겼다. 우리가 일상에서 경험하는 변화들은 때로는 눈에 띄지 않지만, 어느 순간 그 작은 실천이 나 자신과 내 주변을 조금씩 더 나은 방향으로 이끌어 준다는 것을 깨닫게 되었다.

플로깅 활동을 SNS에 올리니 "나도 이거 해보고 싶다"라는 반응이 있었고, 이런 작은 실천이 다른 이들에게도 영향을 미친다는 사실에 보람을 느끼기도 했다. 내가 할 수 있는 것부터 실천하자고 다짐하면서, 다른 사람에게도 이 활동을 권유하고 싶어졌다.

네모난 돌은 동그란 돌이 될 수 없어요

경쟁하고 싶지 않다고 해도 현대사회를 살아가는 사람들은 남과 비교할 수밖에 없는 환경에 놓인다. 회사에서는 연말 고과에 따라서 같은 직급에서 어떤 사람은 승진하고 어떤 사람은 승진을 하지 못 한다.

달리기를 하면서도 남과 비교하는 일, 오래달리기하는 사람들은 누구나 한 번쯤은 경험했을 거다. 물론 그것이 긍정적인 쪽이든 부정적인 쪽이든 말이다. 나 역시 그랬다.

'내가 이렇게 열심히 달렸는데, 저 사람보단 빠를 수 있겠지?' 이런 생각과 함께 조금의 기대감과 경쟁심을 느끼고 있었다. 점점 입상의 기회가 늘어나고, 순위가 보이기 시작하면서 나를 뛰어넘어 타인과 비교하게 되는 상황이 됐다. 어딘가 묘하게 뭔가 불편했다. 그렇다고 입상 자체가 무의미하다는 건 아니지만, 어느 순간 진짜 중요한 걸 놓치고 있다는 느낌이 들었다.

대회에서 처음으로 상을 받았을 땐 정말 기뻤다. '아, 나도 드디어 이만큼 성장했구나!' 마치 내가 하늘을 나는 듯한 기분이 들었다. 그런 순간이 몇 번 지나고 나니, 이제는 달리는 이유가 순위와 기록으로 고정되는 느낌이었다. 마라톤 대회에 가서 출발선에 서면, 괜히 나와 비슷한 기록을 가진 러너의 눈치를 보게 된다. 저 사람들보단 빠르게 들어가야지 하면서 나만의 페이스를 잃어버리기도 한다. 포디움에 서는 기쁨은 분명 크지만, 그 자리에 오르기까지의 과정에서 달리기를 진정으로 즐기는 순간들을 놓치고 있는 건 아닐지 하는 생각이 들었다.

어느 날 부산에 갔다가 템플스테이에 참여하게 됐다.

"남과 비교하지 않기 위해서는, 그냥 비교하지 마세요. 네모난 돌이 동그란 돌이 되고 싶어도 될 수 없습니다. 이미 있는 나를 받아들이세요."

스님께서 말씀하신 이 말이 참 크게 와닿았다. '맞아, 달리기에서도 이런 심리가 필요한 거구나.' 달리기하다 보면 그저 기록을 넘어선다는 생각에만 몰두할 때가 많아서 이 말 한마디가 나를 되돌아보게 했다. 그러면서 차분하게 나를 받아들이는 방법을 배우게 되었다. 나 자신과의 싸움만이 유일한 진짜 싸움이었고, 그것이 나를 더 단단하게 만들어 준다는 걸 깨달았다.

예전의 나보다 더 빨라지고 싶다면, 그저 내가 할 수 있는 만큼 더 훈련하면 된다. 내가 원래 달리던 장소 중 한 곳을 정해서 조금 더 길게, 조금 더 강하게 뛰어보는 거다. 내가 그만큼 나아지면 그게 의미 있는 것. 달리기 기록이라는 건 언제나 변할 수 있다. 오늘은 내가 이기더라도 내일은 누군가에게 뒤처질 수도 있고, 또 반대로 내가 앞설 수도 있는 것이다. 그런 변화는 오히려 달리기라는 스포츠를 더욱 매력적으로 만들어 준다.

과훈련은 금물이다. 몸에 맞지 않는 과도한 훈련은 부상으로 이어질 가능성이 크다. 특히 나이가 들수록 회복력도 예전 같지 않다. 그러니 꾸준히, 무리하지 않게 내 몸에 맞는 수준으로 실력을 키워 나가면 된다. 달리기를 오래 하다 보면 힘든 훈련만 반복하게 되는데, 사실 이러면 달리기에 대한 흥미가 점점 떨어진다. 나도 한때 그런 슬럼프를 겪었다. 그때마다 생각했던 건 달리기의 본질적인 즐거움이었다. 내가 좋아하는 친구들과 함께 달리거나 한강에서 바람을 맞으며 달리거나, 바닷가에서 파도 소리를 들으며 달리는 것만으로도 행복한데, 왜 굳이 기록에 집착해야 할까? 때로는 숨이 차지 않을 정도의 편안한 속도로 달리는 것도 진정한 즐거움이 아닌가 싶다. 이따금 기록을 재는 시계에서 자유로워져서 발이 닿는 순간의 감각에만 집중해 보았다. 그 순간이야말로 달리기의 진짜 매력을 느낄 수 있는 시간이었다.

더 중요한 건 내가 달리기하며 성장하고 있다는 점이

다. 매번 같은 코스를 반복해도, 다음 해에 달리면 내가 전년도에 달렸던 것보다 그 코스를 좀 더 수월하게 뛰고 있다는 사실을 깨닫는다. 이 작은 성취가 쌓여가다 보면 기록은 자연스럽게 따라오게 된다. 자신과의 싸움을 이겨낸 사람만이 진짜 강한 러너가 되는 것 같다.

당연히 다른 러너가 나보다 빠를 수도 있다. 그것으로 나를 초조하게 만들 필요는 없다. 또 나보다 기록이 느린 러너가 더 열심히 훈련해서 나를 앞설 수도 있다. 반대로 내가 열심히 뛰다 보면 어느새 내가 앞서게 되는 순간도 온다. 그 변화는 우리 모두에게 다르게 다가온다.

결국 중요한 건 내가 달리는 순간을 즐기고 있는가, 아닌가 하는 것이 아닐까. 누군가는 결승선을 넘기 위해 열정을 다하고, 또 누군가는 그 과정에서 얻는 땀방울의 의미를 더 소중하게 여긴다. 어느 쪽이든 각자에게 의미 있는 방식으로 달리는 게 중요하다.

달리기는 그저 운동이 아니다. 나에게는 스스로와의 대화이자, 나를 넘어서는 여정이다. 그 과정에서 내가 배우는 건 남과의 비교가 아닌 오늘보다 더 나은 내일의 나를 위해 달리는 것, 그것이 진정한 달리기가 아닐지 생각해 본다.

오랜 기간 무명의 사진가였던 비비안 마이어(Vivian Maier)의 사진전에서 보았던 인상 깊은 글귀를 일기에 적어두었다.

"우리는 다른 사람을 위한 자리를 만들어야 해요. 인생은 바퀴와 같습니다. 한 번 올라서면, 끝까지 가야 해요. 그리고 끝에 다다랐을 땐 다른 사람에게 자리를 내어줘야 하죠."

우리는 또 이렇게 하루를 이겨내고

간신히 생명을 유지하고 있는 우리 집 식물 두 개에, 일주일에 한 번씩 물을 준다. 나는 '식물 킬러'이지만 용케도 생명력이 긴 식물 두 개는 2년 가까이 키우고 있다. 그렇게 기특한 화분에 물을 쪼르륵 주고 있는데 스마트폰이 웡웡 울린다.

"이번 주에 시간 돼? 달릴까?"

"좋지. 어느 요일이 좋아?"

흔히 말하는 머리를 동그랗게 만 똥머리(올림머리)가 잘 어울리는 큰 갈색 눈동자를 가진 H는 종종 만나는 동네 친구이다. 그녀의 일이 보통 늦게 끝나서 우리의 만남은 주로 밤 9시가 넘어서 이루어진다. 많은 것이 고요해지는 시간. 동네 친구와 함께하는 밤의 달리기는 단순한 운동 그 이상이다. 굳이 속도에 얽매이지 않고 그저 함께 호흡하며 달리는 시간이다.

"오늘은 어떤 페이스로 할까?"

"오늘 머리 아픈 일들이 많았어. 수다나 떨면서 천천히 달릴까?"

서로 묻고 대답하지만, 정해진 답은 없다. 그날의 기분, 체력 상태에 따라 달라지는 페이스는 오히려 어디에 얽매이지 않아 자유롭다.

어느 날은 km당 6분 페이스보다도 조금 더 천천히 달리며 주변의 경치를 즐기고, 또 어떤 날은 조금 더 빠르게 달리며 우리의 한계를 시험해 보기도 한다. 달리기를 함께하는 시간이 쌓일수록 나와 친구 사이에는 자연스러운 신뢰가 형성되었다. 우리는 서로의 리듬을 이해하고, 상대의 기분에 따라 달리기 페이스를 맞추곤 했다. 가끔 내가 지쳐 보일 때면 그녀가 먼저 알아차리고 오늘은 천천히 가자고 말해준다. 반대로 H가 피곤해 보이면 내가 먼저 속도를 조절하고, 무리하지 않게 호흡을 맞추려 노력했다. 이처럼 달리기는 우리 사이에서 말하지 않아도 서로를 배려하게 만드는 묘한 끈이었다.

나와 성격이 비슷하면서도 다른 점이 많아 대화가 더 재미있는 그녀는 언제나 차분하면서도 밝은 성격인데 나 역시 그녀와 함께 있을 때면 자연스레 기운이 솟는다. 그렇지만 달리기 도중에도 가끔은 그녀가 직장에서 받은 스트레스를 이야기하며 약간 지친 모습을 비칠 때도 있다.

"요즘 직장 일이 너무 바빠서 달리기할 시간이 부족해."

"그래도 우리 이렇게라도 달리니까 다행이지."

"이렇게 달리면서 털어놓으니까 훨씬 나아지는 기분이야." 그 말에 나는 피식 웃으며 대답했다.

"같이 달리면 너도 나한테 힘이 돼."

순환 코스인 호수를 달리면서 대화하는 것도 꽤 재밌다. 그녀가 하는 운동 수업 이야기부터 시작해 소소한 일들, 앞으로의 계획까지. 달리기하면서 나누는 대화는 때로는 그 자체가 일종의 '마음 운동'처럼 느껴졌다. 우리는 삶에서 겪는 어려움이나, 당장 해결되지 않는 고민을 솔직하게 털어놓았다. 운동을 하는 사람들에게 몸의 피로를 견디는 힘만큼 중요한 것이 마음의 피로를 다스리는 힘이다. 우리는 그렇게 서로의 마음을 나누고, 조금 더 가벼운 발걸음으로 뛰어다녔다.

두 바퀴째 호수를 달린다. 달리는 길에 장식된 높다란 반짝이는 조명들이 마치 우리의 발걸음을 따라오듯 일렁거렸다. 우리는 그 풍경을 바라보며 잠시 멈춰서 사진을 찍기도 한다. "호숫가에 떠다니는 달 모양 배가 참 귀엽다."

숨을 고르며 느낀 밤공기의 상쾌함은 달리기를 마치고 느끼는 성취감과는 또 다른 기분이었다.

달리기를 마친 후에 자주는 아니더라도 가끔 근처에 맛있는 것을 먹으러 간다. 곱창집에 간 날, 나는 왼쪽 발 부상으로 이미 신청해 둔 메이저 대회 마라톤 풀코스를 나가야 하나 말아야 하나 고민하고 속상해했다. 노릇노릇해진 곱창을 하나 집어 올리면서 그녀는 나에게 앞으로도 기회는 많다고 말해준다.

"한 번 뛰고 말 거 아니잖아, 제발 쉬. 어!"

"그래, 우리 기록 신경 쓰지 말고 그냥 더 오래 달리자."

가벼워 보이는 이 말은 사실 나에게 큰 힘이 되었다. 백발의 할머니가 될 때까지 달려야 하니까 지금 당장 못 뛰는 일들에 일희일비할 필요가 없다. 가끔은 너무 깊이 생각하는 것도 정신건강에 해롭다.

서로 농담을 주고받고 음식을 나누고, 대화는 끊임없이 이어진다. 가끔은 달리기에 관한 얘기에서 시작해 전혀 다른 주제로 흘러가기도 하고, 때로는 아무 말 없이 치킨을 먹으며 서로의 존재만으로도 충분함을 느끼는 순간도 있다.

앞으로도 우리는 동네 호수 주변을 돌며 수많은 이야기를 나누겠지. 그렇게 우리는 또 다른 하루를 이겨내고, 또 다른 미래를 향해 나아가겠지.

러닝할 때 듣는 플레이리스트

60's Cardin _ Glen Check

Till I Collapse _ Eminem

I Feel It Coming _ The Weekend

Panic! At the Disco _ High Hopes

Fast Car _ Jonas Blue

Imagine Dragons _ Thunder

Bruno Mars _ Runaway Baby

American Boy _ Estelle

Never Really Over _ Katy Perry

Can't Stop The Feeling _ Justin Timberlake

The Last Of the Real Ones _ Fall Out Boy

힘 내! _ 소녀시대

Celebrity _ 아이유

질풍가도 _ 유정석

운전만 해 _ 브레이브걸스

Maniac _ VIVIZ(비비지)

After LIKE _ IVE(아이브)

너와의 모든 지금 _ 재쓰비

한 페이지가 될 수 있게 _ 데이식스

The Weekend _ 88rising & 비비

오늘만을 너만을 이날을 _ 영케이

러닝을 시작하고 제일 잘한 일

내가 러닝을 시작하고 제일 잘한 일 중 하나는 러닝크루에 가입한 일이다. 혼자 달리던 시간을 다른 사람과 함께 한다는 것은 새로운 경험이었지만 어느새 나의 삶의 일부분이 되었다. 러닝크루에 들어간 지 얼마 안 돼서 운영진 제의를 받고 운영진으로 크루 관련 일을 하다가 크루장까지 하게 되었다. '내가 잘할 수 있을까?'라는 생각도 머릿속에 가득했지만, 자리가 사람을 만든다는 말을 어느 정도 공감하게 되었다. 크루장이라는 자리를 맡으며 의무감에라도 먼저 어색함을 깨고 사람들에게 다가가려 했으니까. 사실 처음엔 혼자 달리는 게 더 편하다고 생각했다. 막상 시작하고 보니 내가 혼자서는 경험할 수 없던 것들이 눈앞에 펼쳐졌다. 그중에서도 크루원들과 함께 달리고 대회에 함께 나가는 순간들이 정말 값졌다.

내가 속했던 크루는 멤버가 90명이었고, 나이도 직업도 다양한 사람들이 모여 있었다. 운영진들끼리 나이를 불문하고 서로 편하게 지내면서 달리기 모임을 꾸려 갔다. 다들 본업이 있었기에 매달 정기런을 두 번 정도 열고, 중간중간 번개 모임도 열어 소통을 이어갔다. 가장 좋아했던 이벤트는 뚝섬에서 열었던 '피크닉런', 함께 모히토를 나누어 먹는 '모히토런', 코스튬 달리기 '산타런' 같은 달리기 후

즐길 게 있는 특별한 런이었다. 달릴 때는 다들 웃으며 뛰다가 또 맛있는 음식을 먹거나 하는 시간이 되면 음식에도, 코스튬 복장 준비에도 진심이 되는 모습이 참 재밌었다.

크루 활동을 하며 깨달은 게 있다. 기록을 위한 달리기뿐 아니라 이제 막 달리기를 시작한 분들과 천천히 달릴 수 있는 새싹런이나 거북런처럼 초보자를 위한 모임도 중요하다는 것이다. 늘어나는 회원 수만큼 새로운 얼굴이 많아지면서 이제 막 러닝을 시작하는 사람들을 위해 무리 없이 적응할 수 있는 코스를 만들었다. 새싹런에 참여한 크루원들은 처음에 '제가 잘 따라갈 수 있을까요?' 하고 긴장한 표정이 역력했지만, 막상 시작하면 그 웃음소리가 도착할 때까지 끊이지 않았다. 단순히 빠른 속도만이 아닌 함께 즐기는 방법을 공유했다. 그러면서 깨달았다. 달리기가 그냥 기록을 위한 게 아니라 우리 삶을 조금 더 즐겁게 만드는 과정일 수 있다는 것을 말이다.

물론 러닝크루에도 '기록 단축파'가 있다. 달리기 대회에서 개인기록을 갱신하는 것이 목표인 사람들인데, 열정과 끈기가 정말 대단하다. 이들과의 훈련에서는 나도 괜스레 진지해지곤 한다. 특히 대회 직전에 함께 하는 마지막 훈련은 일종의 '결의의 순간' 같아서 서로의 눈빛만 봐도 알 수 있었다. 다른 말이 필요 없이 우리는 마음을 다잡는 모습을 눈빛으로 교감한다.

한 번은 한 크루원이 내게 물었다.

"크루장님, 어떻게 하면 제 기록을 단축할 수 있을까요?"

나도 모르게 웃으며 답했다.

"기록 단축? 우선 자주 나와서 달려요! 짧아도 되니까 일주일에 세 번만 달려봐요."

무엇보다 운영진들과 함께였기에 크루장을 할 수 있었다. 처음엔 다들 서먹했지만, 시간이 지날수록 나이에 상관없이 마음을 나누는 친구가 되었다. 특히 코로나 시기에는 모일 수 있는 인원 제한이 있어서 회의하는 것도, 달리는 것도 참 힘들었는데, 다들 한 사람씩이라도 시간을 내어 각자의 방식으로 러닝크루가 없어지지 않도록 크루를 지키려 애썼다. 코로나 시절에 사회적 거리 두기가 강화되면서 두 명만 만날 수 있는 상황이 되었다. 함께 달리고 싶어도 두 명씩밖에 못 모이니까, 크루를 운영하는 입장에서 신규 인원이 쉽게 늘지 않아 참 속이 탔다. 그럼에도 '우선 크루원들과 친해지기 전에 운영진들과도 한명 한명 친해져 보자.'라는 다짐으로 운영진 멤버들과 번갈아 만나 달리기도 하고 밥도 먹으며 더 가까워졌다. 그중 한 운영진 친구와는 오늘 10km만 뛰자며 나섰다가, 어쩌다 보니 15km까지 달리게 되었다.

크루장 역할을 하며 참으로 사람의 중요성을 깨닫게 되었다. 함께 달리는 순간마다 동료가 있었고, 서로에게 힘이 되어주는 존재가 있기 때문이다. 한 번은 회원끼리 의견 차이가 나면서 불편한 상황이 발생한 적이 있다. 어떻게 해야 할지 고민하다가 이런 일일수록 빠른 중재가 필요하다 싶었다.

솔직히, 다들 각자 열정이 있다 보니 의견이 부딪칠 때가 있었다. 한쪽이 정말 큰 잘못을 한 게 아니라면 어느 정도 중간에서 조율이 필요하다는 것을 크루장을 하면서 배우게 되었다.

4년 동안 크루 운영을 하고 크루장에서 내려와서 다른 능력 있는 친구에게 크루장을 넘겼다. 그럼에도 아직도 나에게 개인적으로 크루장 시절에 따로 불렀던 '대장'이라고 나를 부르면서 안부 메시지를 보내는 친구가 있다. 문자를 보며 미소를 짓다가도 동시에 '그때 정말 열심히 운영했었는데'라는 추억에 잠기기도 한다. 크루장을 그만두었을 때 예상치 못한 메시지들을 많이 받았었는데 그 중 기억에 남는 것들이 있다.

"대장 덕분에 크루에서 잘 적응할 수 있었어요. 개인적으로 힘든 일이 있어서 크루를 탈퇴하기 직전이었는데 요즘 바쁘냐고 메시지 주면서 시간 되면 크루에 나와서 달리자고 말씀해 주셔서 달리기로 극복할 수 있었어요."
 - 크루원 A

"활동을 자주 못 했지만 다양한 러닝 프로그램들을 만들어 주시고, 늘 챙겨주셔서 감사했습니다. 지금은 회사와 거주지가 바뀌어 활동은 못 하지만 크루에서 받은 것이 많아요. 앞으로 더욱 행복하고 좋은 일만 가득하길 바랍니다." - 크루원 B

무언가를 바라고 크루장을 했던 것도 아니었지만, 이런 메시지들을 받고 나니 그동안 받았던 부담감과 책임감이 한 마디로 보상받는 기분이었다. 그들의 고마움이 담긴 메시지는 작은 별처럼 내 마음에 오래도록 반짝이고 있다.

런트립의 매력

달리기를 시작한 이후, 여행을 계획할 때마다 이제는 그곳에서 달릴 수 있는 장소가 있는지 확인하는 것이 자연스러운 습관이 되었다. 여행 가방에 운동복과 러닝화를 챙기는 일도 빠뜨리지 않는다. 주변 친구들은 "거기까지 가서도 달리기해야 해?"라고 묻곤 하지만, 몇 년 이상 꾸준히 달리기를 해온 사람이라면 이 감정에 충분히 공감할 것이다.

국내 많은 곳으로 런트립을 다녀왔다. 울산, 진주, 춘천, 경포, 대전, 강릉, 제주도……. 그중에 기억에 남는 런트립은 친한 달리기 친구들과 다녀왔던 경포 런트립과 진주 런트립이다. 경포 런트립은 친한 동생과 함께 신청해서 다녀왔다. 뜨거운 경포대의 태양은 나중에 지면에 아지랑이까지 보일 정도로 정말 더웠는데 운 좋게 나는 여자부 3위, 함께 갔던 친한 여동생은 9위를 했고, 10위까지 포디움에 오르게 해주던 대회여서 동생과 함께 포디움에 올라서 더 기억에 남는 대회였다. 끝나고 바라본 경포 바다와 점심으로 먹었던 살얼음이 껴있던 시원한 물회는 잊을 수 없다. 부상으로 경주 한과까지 받았었는데 그해 겨울에 집에서 한과를 심심할 때마다 와그작거리며 집어먹을 수 있었다.

진주 마라톤은 대회 전날 크루 친구들과 미리 가서 진주성도 둘러보고 바비큐도 먹으면서 런트립을 즐겼다. 한 크루원이 외국에서 사 온 카야잼도 식빵에 발라서 나누어 먹으면서 의도치 않게 폭식 아닌 폭식을 했다. 행복한 저녁을 보냈으나 다음날 배가 더부룩해서 숨도 차고 평소보다 같은 속도여도 더 힘들게 느껴지는 쉽지 않은 레이스를 했다. '아, 이젠 대회 전날 너무 많이 먹지 말아야지.' 다짐하고 온 곳이었다.

진주역 앞에도 있고 기념품 가게에서도 만날 수 있는 진주목걸이를 한 진주의 마스코트 수달 '하모' 캐릭터는 전국 마스코트 통틀어서 가장 귀엽게 생기지 않았을까 싶다. 런트립의 기억에 남는 순간들은 전날 다 같이 모여서 배번 꾸미기(대회 배번에 스티커 등을 붙여서 꾸미는 것), 별것 아닌 소소한 대화, 그 지역의 명소 함께 한 번 들르기, 사진으로 추억 잔뜩 남기기 등이 있겠다.

제주도에서는 오전에 좋아하는 세화 바닷가 해안 길을 따라 힐링런을 하고 돔베 라면과 돔베 초밥을 점심으로 먹고 종달리 북카페에 가서 책을 보면서 여유를 즐겼다. 따로 검색하지 않았는데 차를 타고 가다가 우연히 발견한 수국 정원도 기억에 남고, 좋아하는 갑각류가 듬뿍 들어간 해물 만두전골도 잊을 수가 없다.

서울 서초구 잠수교 역시 러너들 사이에서 손꼽히는 장

소다. 이곳에는 음악이 나오는 음악분수가 있어서 음악을 들으며 달리기를 즐길 수 있다. 잠수교 초입에서 다리로 올라갈 때는 오르막이 기다리고 있지만, 음악분수와 한강을 바라보며 달릴 때는 오르막의 고단함은 어느새 잊히곤 한다. 특히 음악의 리듬에 맞추어 춤추듯 움직이는 분수는 다채로운 빛을 발산하며 장관을 이룬다. 이곳은 많은 사진가들이 야경을 렌즈에 담기 위해 찾는 명소이기도 하다. 스포츠 사진을 찍는 이들에게도 유명한 장소여서, 달리기를 즐기고 사진도 즐기는 사람들에게 최고의 장소로 추천한다.

수원 광교 호수공원도 달리기에 적합한 장소로 유명하다. 이곳에서는 독특한 고래 모양의 코스를 따라 달릴 수 있는데, 고래 코스가 꽤 정교해 이 코스를 개발하신 분이 정말 대단하다는 생각이 든다. GPS 모양 따라 그림을 그린다고 하여 GPS 아트라고도 불리는 달리기이다. 이 코스를 달리면 자신이 고래의 몸통을 따라 움직이고 있다는 생각에 신나게 달리게 된다. 고래의 형상을 온전히 느끼며 달리다 보면 어느새 끝이 보인다. 달리기하는 분들이라면 꼭 방문해서 달려본다면 멋진 고래 모양 코스를 볼 수 있을 것이다. 10km가 조금 넘으니 중 상급자분들에게 추천하는 코스이다.

여주에 있는 이포보 다리는 그야말로 광활한 자연경관을 자랑한다. 이 다리와 강변을 따라 달리며 시원한 강바람을 맞이하는 것은 달리기 애호가들에게 큰 기쁨을 선사한다. 이곳은 자전거를 타는 사람들도 많이 찾는 장소이며, 주변에는 캠핑장도 있어 가족이나 친구들과 함께 방문해도 좋다. 푸르른 나무들이 줄지어 서 있는 길을 달리며, 자연의 아름다움 속에서 마음의 평화를 찾을 수 있다.

해외에서는 태국 방콕의 룸피니 공원의 달리기가 기억에 남는다. 매우 습한 날씨였지만 이른 아침이라서 달릴만했다. 더운 시간에 뛰지 않기 위해 아침 7시쯤 공원에 도착했는데, 끝없는 호수와 푸릇푸릇한 나무들이 가득한 풍경이 눈길을 사로잡았다. 도심 속에서 휴식을 취하려고 산책하는 사람도 있었고, 여행자 혹은 방콕 거주자들이 민소매 운동복에 짧은 반바지를 입고 달리고 있는 모습도 많이 볼 수 있었다. 달리는 이들과는 국적 상관없이 묘한 동질감을 느낄 수 있었다. 스포츠 시계의 시작 버튼을 꾹 누르고 달리기 시작한다. 속도는 천천히 조깅 페이스로 달린다. 평지 코스여서 여행지에서 힘들지 않게 주변 풍경을 즐기면서 달리기에 더할 나위 없이 좋았다. 5km 거리를 달리고 물 한 잔 마시면서 룸피니 공원 벤치에 앉아서 큰 분수를 바라보며 호숫가 주변을 어슬렁거리는 왕도마뱀을 구경한다. 생각보다 무섭게 생긴 도마뱀이었다. 유유자적 왕도마뱀은 길이가 사람 키만 했지만, 다행히 사람에게는 관심이 없어 보였다. 새로운 곳에서 달리기는 여행의 즐거움을 배로 높여주고 새로운 기억을 남겨준다. 특히 문화, 역사 여행을 함께 할 수 있고 운동과 여행 두 마리 토끼를 잡을 수 있다.

평소에 달리던 익숙한 코스를 벗어나 여행지에서 달리는 경험은 새로운 매력을 선사한다. 평소와 다른 길, 새로운 경관, 낯선 공기는 우리에게 새로운 활력을 불어넣는다. 앞으로는 해외 마라톤도 차근차근 경험해 보고 싶다.

42.195km 풀코스를 달리다

‘올해 버킷리스트: 풀코스 마라톤 달리기’ 다이어리를 열고 볼펜으로 끄적끄적 버킷리스트를 적어본다. 버킷리스트라는 게 참 신기하게 별거 아닌 것 같아도 한 해 목표로 적어두면 그 목표를 위해서 계속 나아가게 된다. 패기 넘쳤던 당시에 나는 풀코스 준비가 얼마나 힘든 것인지 모르고 일단 버킷리스트로 담아두었고, 손기정마라톤대회 42.195km를 신청했다. 생각해 보면 그때 당시 ‘나는 전 구간을 꼭 뛸 거야’ 이 목표 하나로 정진했다. 그렇게 준비하던 중에 남자 친구(현 남편)를 만나게 되었고 남자 친구는 풀코스 전에 효과적으로 달릴 수 있는 훈련 계획들을 짜서 나에게 건네주었다. 지키기만 한다면 세 달간 훈련 효과가 배가 될 수 있는 계획이었다. 다만 평일에는 일을 하고 저녁 시간을 이용해서 연습해야 했기에 예정된 계획 중에 제대로 지킨 계획은 80% 정도였다. 평상시에는 조깅으로 달리기를 지속했고 풀코스 전 석 달 동안은 계획을 세우고 열심히 뛰었다. 그러던 와중에 코로나로 인해 결국 비대면으로 대회가 진행된다는 소식을 들었다. 실망하지 않았다면 거짓말이다. 첫 정식 마라톤이 이렇게 물 건너가는 것인가? 따로 뛴다고 해도 대회에 참가해서 받을 수 있는 급수, 보급, 비상시 대처할 수 있는 대안들이 문제였다.

다행히도 그동안 열심히 준비한 걸 아는 주변 친구들이 급수를 도와주겠다고 발 벗고 나서주었다.

내가 선택한 코스는 여의도 고구마 코스였다. 한 바퀴에 8km가 나오는 코스였다. 친구들은 시작 지점에서 급수, 젤 등을 가지고 기다려 주었다. 그 말인즉슨 8km마다 급수와 젤을 먹을 수 있다는 말이었다. 그때 당시 받은 배번(등번호)은 언택트 배번인 만큼 이름을 자유롭게 적을 수 있는 빈칸이 있었다. 나는 야심 차게 배번에 'Judy'라고 이름을 적고 배번까지 달았다. 항상 3시간 이내로 달리던 남자 친구는 그날 나를 위해 페이스메이커가 되어주겠다고 했다.

12월에 민소매와 반바지에 맨다리라니, 왜 이렇게 힘든 일을 돈 내고 자처해서 하는 것인지 나도 나를 이해할 수 없었지만, 그때는 간절했다. 여의도에 도착해 친구들과 인사를 나누고 위에 롱패딩을 입고 웜업 조깅을 했다. 2km의 웜업 달리기를 참 진지하게도 했다. 그때만큼의 정신력은 무슨 선수라도 된 것처럼 '나는 오늘 풀코스를 뛸 거고, 중간에 화장실도 가지 않겠어.'라는 마음으로 임했다.

준비가 끝나고 출발선에 섰다. 풀코스 시작. 여의도에서 민소매 옷에 배번 달고 12월에 대회 차림으로 열성적으로 달리고 있는 두 명. 롱패딩을 입어야 하는 날씨였지만 한 바퀴를 돌면 몸에 열이 오를 줄 알았다. 하지만 착각이었음을 이내 깨달았다. 그래도 어쩔 수 없지. 두 바퀴째 돼서야 몸에 열이 오른다. 누가 봐도 진지해 보였던 건지 자전거 타시는 분들이 간혹가다가 파이팅을 우렁차게 외쳐주신다. 달리느라 힘들어서 제대로 화답은 못 해 드리고 손을 들어 올려 주먹으로 파이팅을 답해드린다. 마라토너들에게 파이팅을 외쳐주시는 분들은 알까. 그 파이팅 한 마디가 레이스를 지속시키는 원동력이 된다는 것을. 그렇게 한 바퀴, 두 바퀴 남자 친구는 계속 고개를 돌려 내 상태를 점검해 주었다. 바퀴마다 친구들이 급수나 젤을 준비해 주었다. 감사한 마음으로 열심히 달린다.

그렇게 마지막 여의도 고구마 코스 다섯 바퀴째, 웃고 싶지만 웃음이 안 나온다. 점점 무아지경으로 달린다. 거의 다 온 시점에서 남자 친구가 지면이 올록볼록한 길로 달린다. 풀코스를 함께 뛰면 인성을 알 수 있다고 했던가. 40km가 지나고 2.195km 올록볼록한 길로 달리는 그를 따라가다 보니 힘듦이 두 배가 되는 기분이었다.

"평평한 곳으로 가면 안 될까?"

친절하게 말하고 싶었지만 내가 그럴 컨디션이 아니었

다. 남자 친구가 바로 방향을 바꿔준다. 고마운 마음이 들었지만 더 이상 말할 힘이 없었다.

8km이기에 5바퀴를 돌면 40km, 풀코스 거리를 채우기 위해 마지막 5바퀴에서 추가로 거리를 채우고 마무리를 위해 돌아왔다. 결승선 띠를 직접 준비해 준 친구가 다른 친구와 함께 그 띠를 들고 있었다. 이래저래 모든 거리를 채우며 마무리했다. 고마운 친구들에게 오리고기 점심을 대접하기로 했다. 풀코스 첫 경험은 우선 입맛이 없어져서 밥을 잘 못 먹는다는 것. 그럼에도 뿌듯함이 이루 말할 수 없고 힘든 경험이 금방 미화된다는 것이었다.

생각해 보면 그 추운 12월에 3시간 넘게 달리는 나를 기다려 주고 급수를 도와준다는 게 정말 나 같아도 쉽지 않았을 것 같다. 그때 나를 도와준 달리기 친구 네 명에게 정말 감사한데 특히 나를 위해 결승선까지 만들어왔던(직접 바느질해서 만들어서 2시간이 넘게 걸렸다고 한다) 친구 같은 십년지기 동생 HJ에게 고맙고, 풀코스 뛰고 커피 한 잔하라며 커피 기프티콘을 왕창 보내주었던 K 오빠에게도 고맙다. 마지막으로 풀코스를 2시간 40분대 달리던 사람이 3시간 30분 동안 달리는 것도 힘들고 지루한 일일 텐데, 함께 해준 남자 친구에게 가장 고마웠다. 그렇게 나의 첫 풀코스 마라톤 기록은 3시간 32분이 되었다.

코로나로 인한 규제가 모두 풀린 뒤 참여한 JTBC 풀코스 마라톤은 오프라인으로 참여할 수 있었다. 당일에는 시작한 지 얼마 지나지 않아 비가 마구마구 오기 시작했다. 비에 온몸이 젖고 선크림이 녹아서 눈까지 따갑다. 대회가 끝날 때까지 비는 그치지 않았다. 모자로 비를 막고 중간중간 열심히 파워젤과 급수를 하며 3시간 22분으로 개인 기록을 경신할 수 있었다.

풀코스를 달리면서 생각한 것은 사실 달리는 대회 당일보다 그 전에 준비하는 오랜 시간이 쉽지 않다는 것이다. 풀코스를 달리기 위해 그전에 세 달 넘게 풀코스에 최적화된 훈련들을 해야 하는데 30km가 넘는 거리를 달리는 거리주를 비롯해 속도를 높이기 위한 인터벌 트레이닝까지 난이도가 다양한 훈련을 해야 한다. 그렇기에 풀코스 기록과 상관없이 완주하는 모든 사람을 진심으로 존경한다.

비 옹께 이 비니루에 싸서 가소

군산행을 위해 수서역으로 향한다. 기차를 기다리는 사람이 즐비한 SRT 대기 공간. 풀코스 마라톤 대회를 신청해 둔 전날이라 벌써 마음이 두근거린다. 달리기를 위한 여행을 갈 때는 설레는 마음이 배가 되는데 특히 평소에 가보지 않은 곳을 마라톤 대회 참석이라는 명목으로 방문해서 달리기도 하고 여행까지 할 수 있기 때문이다.

군산은 사는 곳과 거리가 멀어 전날 먼저 출발하기로 했다. 도착해서 저녁으로 싱싱한 회도 먹고 다음 날을 기다리면서 배번도 꾸며두고 레디샷이라고 흔히 마라톤 대회 당일 착장도 사진으로 찍어본다.

4월 둘째 주 대회 당일. 날씨가 좋다. 해가 점점 떠올라 나중에 더워질지 걱정이 되었지만, 아무튼 기분이 좋다. 대회 때 보통 그러듯이 병목현상을 피하고자 최대한 앞줄에서 기다리며 햇빛을 바라보며 출발선에서 시작을 알리는 소리가 들려오기 전까지 긴장감을 느낀다. W 언니가 반갑게 인사를 건넨다. "주리야, 안녕." 그렇게 긴장감을 풀고 기다린다.

탕탕탕. 대회 시작을 알리는 소리가 들린다. 대회 출발. 1km당 4분 40초 페이스로 계속 유지하며 간다. 앞에 하늘색 싱글렛을 입은 남자분 세 분이 보인다. 나와 페이스가 비슷해 보인다. 같은 동호회에서 나오신 분들 같다. 그들은 km마다 페이스를 이야기해 주면서 서로 용기를 북돋아 준다. 조금 떨어져 있긴 하지만 나도 그들을 바라보며 같이 그룹을 유지하며 간다. 군산 시민분들이 나와서 응원을 해주신다. 군산 짬뽕 거리에서 장사하시는 것으로 보이는 상인 분들이 군산 짬뽕 거리 현수막을 들고 계셨던 응원 구간이 인상 깊다. 모두가 즐기는 지역 축제가 바로 이런 것이 아닐지 생각하며 달리다 보니 어느새 10km가 넘어간다. 11km쯤 급수 지점, 앞 주자와 급수하면서 몸이 겹치지 않도록 피하다가 스스로 발이 꼬였다. 꼬인 후 발등에 느껴지는 통증이 이상하다. 오랜만에 나온 풀코스 대회인데 조금 더 참아보자 스스로 되뇌며 달린다. 결국 14km에서 발등을 넘어 발목까지 통증이 올라오는 게 느껴진다.

'아, 이거 더 달리다가는 정말 다리를 못 쓸 수도 있겠다.' 대회에서 DNF(Do not finish)를 해본 적이 없는데 바로 이 순간이구나. 아쉽지만 이 통증으로는 더 갔다가는 오랫동안 못 뛸 수도 있겠다는 생각이 든다. 저 멀리 구급차가 보인다. 그 방향으로 다리를 절뚝이며 걸어가 본다. 발이 이러하니 원점으로 복귀를 부탁드리니 우선 파스 조치를 해주시고 나를 원점으로 데려다주신다.

다리를 절뚝거리며 허탈한 마음을 가득 안으며 주변을 둘러본다. 10km를 마친 주자들이 미소를 지으면서 들어와 있다. 부러움과 동시에 '나는 어디에서 남편을 기다리지?' 하는 현실적인 생각이 든다. 10km 완주자들과 매우 상반된 표정으로 다리를 절뚝이며 주변을 기웃거려 본다. 우선 풀코스 주자들이 돌아오기까지 시간이 많이 남았기에 기다릴 곳이 필요하다. 누군가 이미 상자를 펼쳐놓고 쉬다가 떠난 것으로 보이는 곳에서 나도 뒤이어 앉아본다. 풀코스 주자가 들어오기까지 시간이 너무 뜬다. 일단 마지막 구간으로 다시 가본다. 엘리트 선수들이 들어올 시간이 되어 선수분들 가족과 응원하러 오신 분들 무리에 섞여서 함께 먼저 응원한다. 그들이 응원하는 마음과 간절함이 나에게까지 느껴진다. '그래, 이왕 이렇게 된 거 나도 열심히 응원하자.'

엘리트(육상선수) 선두 여자 선수의 페이스메이커를 해주시는 남자 마스터즈(일반인) 선수분이 전광판으로 눈에 들어온다. 계속 여자 선수의 컨디션을 점검하시면서 달리신다. 본인 기록도 중요하실 텐데, 한마디로 정말 멋지셨다. 조금 지나서 남편이 드디어 들어왔다. 남편이 목표했던 시간보다 조금 뒤처진 기록으로 들어온다. 2시간 52분. 그의 목표 기록보다 뒤처졌다. 날이 더워서 그럴 만도 하다.

"중간에 멈췄어?"

먼저 들어올 일 없는 나를 보고 남편이 물어본다.

자초지종을 말한 뒤 대회장에서 휴식을 취한다. 청년부 10등을 해서 쌀 10kg을 탄 남편을 축하해 준다.

"주리 씨!"

저 멀리 내가 존경하고 좋아하는 여자 선배님이 반가운 목소리로 나를 불러주신다. 더 다가가고 싶었는데 시원치 않은 다리로 인해 멀리서나마 답변을 드린다. 여기까지 와서 DNF라니. 아쉬움이 이루 말할 수 없다. 그래도 당장 현실을 받아들여야 한다. 남편이 아이스크림 부스에서 받아준 아이스크림을 오물오물 먹는다. 여기저기 반가운 분들이 멀리 보였지만 다리가 좋지 않아 인사를 제대로 못 드리고 대회장을 빠져나왔다. 대회가 계속 진행되고 있었기에 도로가 통제되고 있어 택시를 탈 수 없었다. 나는 다리를 절뚝이며 천천히 걷고, 남편은 쌀을 둘러메고 걷는다. 마음속에는 아쉬움이 가득했고 몸은 마음대로 되지 않고 쉽지 않은 복귀 길이다.

군산 마라톤의 경우 경품을 지역 상품권으로 나누어주기 때문에 군산 곳곳에서 사용할 수 있다. 점심으로 군산 짬뽕 거리로 가보기로 한다. 내가 들어간 곳은 고기 짬뽕으로 유명한 곳. 짬뽕이 거기서 거기가 아닌가 싶었지만 다르긴 달랐다. 진한 국물에 서울보다 더 빨갛고 진한 색이 눈에 띈다. 신기하게 계속 국물을 떠먹게 되는 곳이었다. 이후에 군산에서 유명한 이성당에서 조각 케이크를 사서 바로 숙소로 복귀했다. 다음날 남편은 쌀 10kg을 둘러메고 나는 우산을 들고 마지막 코스로 군산 카페에 들렀다. 커피 한잔을 하며 군산 여행을 마무리하기 위함이었다. 우리를 본 카페 사장님께서 웃으시면서 말을 거신다.

"아니, 뭔 쌀을 들고 댕긴대? 껄껄. 비 옹께 이 비니루에 싸서 가소."

따로 큰 비닐봉지도 챙겨주신다. 따뜻한 인심을 느끼면서 서울로 올라가기 위해 군산역으로 향한다. 발이 이 모양이라 군산을 구석구석 제대로 못 둘러봐서 아쉽긴 했지만, 다음에 또 올 구실을 만들어 두었으니, 다행이라고 해야겠다. 군산의 골목마다 배어 있던 인심과 따뜻함은 내 마음을 더 깊이 어루만졌다.

사소하지만 중요한 런태기

달리기를 계속하다 보면 '런태기'가 찾아온다. 흔히 나타나는 증상은 아래와 같다.

'너무 덥고, 너무 추운데도 달려야 하나? 이불 속이 좋은데.'

'내가 선수도 아닌데, 무슨 부귀영화를 누리려고 이 고생을 하고 있지?'

그럼에도 이 운동이 나의 몸과 성향에 잘 맞는다고 생각하기에 그 끈을 놓을 수가 없다. 몸이 최상의 컨디션이 아니어도 일단 조깅이라도 꾸준히 한다. 달리기가 참 얄미운 점이 하다 보면 실력은 계단식으로 완만하게 오르지만 일정 기간 쉬면 실력이 곤두박질치고 만다. 여기서 말하는 실력은 빠른 페이스를 말하기도 하지만 심폐 지구력 능력도 말한다. 오랜만에 뛰면 달리면서 숨이 금방 다시 찬다. 그런 경험을 하다 보니, 다시 실력을 되찾는 게 어려우니 꾸준히 달리기를 놓지 말고 하자는 생각이다. 그래서 나가기 싫을 때 나는 몇 가지 방법을 활용한다.

먼저 주변에 재밌는 달리기 이벤트가 없는지 살펴본다. 근교의 대회에 참가해도 되고 스포츠 브랜드 등에서 열리는 달리기 오프라인 이벤트가 있다면 신청해 보기도 한다. 일단 신청하고 보면 그다음에는 거기에 나가기 위해서라도 내 몸을 움직이게 된다. 왜 내가 이 운동을 시작하게 되었는지 되새겨보는 것도 런태기 극복에 도움이 된다.

'왜 내가 달리기를 좋아했지? 내가 받은 스트레스를 풀어주는 운동이었고 돌파구였으니까. 구름 한 점 없는 맑은 하늘을 바라보며 달리면 상쾌하다. 끝나고 나면 후련한데, 집에 돌아와서 샤워하면 더 개운하다. 상대의 직업이 무엇인지 나이가 무엇인지 몰라도 함께 달릴 수 있다. 조깅하면서 나누는 일상의 잡담이 즐겁다. 여름에는 끝나고 먹는 빙수가 맛있고, 겨울에는 끝나고 먹는 국밥이 맛있다. 한강의 멋진 야경과 대교를 보면서 달릴 수 있다. 일몰 시각에 볼 수 있는 붉은빛 노을이 가슴을 설레게 한다. 언덕이 있는 코스는 오르막이 힘들지만, 내리막이 마음을 안도시켜. 안 하면 체중이 늘어난다. 특별한 이유 없이 나가면 기분이 좋아지니까. 너무 덥지도 너무 춥지도 않은 날, 달리기에 딱 좋아. 마라톤 대회장에서 느껴지는 열정적인 분위기가 마음에 들어.'

런태기를 극복하기 위한 내 선택은 대개 한강이다. 바람이 살짝 부는 저녁, 강 위로 지는 노을은 나에게 늘 특별했다. 그런 날엔 굳이 속도를 내지 않아도, 그냥 강변을 천천히 달리는 것만으로도 위로가 됐다.

가끔은 이런 방법도 소용없을 때가 있었다. 런태기의 깊이가 유난히 깊었던 한겨울, 나는 모든 것이 귀찮아졌다. 러닝화를 꺼내 신는 것조차 큰 결심이 필요했다. 그럴 때 나는 조금 다른 접근법을 시도했다. 평소에 걷기는 잘 하지 않는데 동네 산책을 하기도 하고 체력 단련이라는 명목하에 달리기가 아닌 등산을 해보았다. 아침 일출을 보기 위해 산을 오르는 일은 상쾌하기도 했지만 나는 역시 달리기가 조금 더 잘 맞는다는 것을 깨달았다.

　런태기를 극복하는 가장 단순하지만 강력한 방법은 '나만의 의식'을 만드는 것이다. 달리기를 시작할 때는 주로 밝고 에너지가 넘치는 음악들을 들으면서 몸을 움직이고, 달리기가 끝난 후에는 나만의 작은 보상을 준비한다. 가끔은 달콤한 디저트가 그 역할을 했다.

　런태기는 달리기하는 모든 사람에게 찾아온다. 그때마다 내가 왜 달리기를 사랑했는지, 이 운동이 나에게 준 모든 기쁨과 성취를 되새겨본다. 처음에 동네 몇 바퀴를 돌 수 있었다는 것이 뿌듯했고, 그 뒤에 10km, 하프 · 풀코스까지 성취감이 이루 말할 수 없었고 좋은 사람들을 정말 많이 만났다는 것을 다시 상기시켜 본다.

　달리기로 만난 인연 중 K는 동갑내기 친구로 같은 모임에서 만난 친구와 결혼하고 귀여운 아이까지 낳았다. 아무래도 아이를 낳은 뒤 얼굴 보기가 쉽지 않았고 육아하는 친구이다 보니 선뜻 보자고 하기도 어려운 느낌이었다. 어느 날 메시지가 왔다. 내가 크리스마스트리 앞에서 찍은 사진을 SNS 스토리에 올렸는데, 그 사진에 대한 메시지였다.

"사진 좋아 보인다. 얼굴 못 본 지 오래네. 나는 다음 주에 육아휴직 끝나고 복직해."

오랜만에 반가운 메시지였다.

"복직하면 내가 판교로 갈게. 저녁 먹자."

"여기까지 와도 괜찮아?"

"응, 나 저녁에 시간 괜찮아."

"좋지, 좋아."

"곧 연락할게. 얼굴 보자."

친구가 아이를 키운다는 이유로, 바쁠까 봐, 만나기 어렵지는 않을지 생각하고 먼저 연락하지 못했던 나의 판단은 섣부른 판단이었다. 민들레 홀씨처럼 인연은 여러 군데 퍼지지만 때로는 가까운 곳에 뿌리내리기도 한다. 홀씨가 가는 곳마다 새로운 삶을 시작하는 것처럼 관계도 계속 변화하며 성숙해진다. 결국, 그 홀씨가 어디에 떨어지든 우리가 나누는 인연은 모두 의미가 있다.

사람과 사람 사이를 계속 연결해 주는 달리기가 참 좋
다. 아, 이래서 내가 달리기를 좋아했지. 나는 사람을 좋아
했지. 생각하다 보면 다시 또 달리기 권태기에서 벗어나
운동화 끈을 묶고 있는 나를 발견한다.

달리기처럼 천천히, 꾸준히

"아무래도 옷장에 귀신이 있다니까. 작년에는 내가 대체 뭘 입고 다닌 거야?"

의류 무역회사를 오래 다녔고 옷 입는 것도 좋아해서 나는 옷장에 귀신이 있다면서 매년 새 옷을 샀었다. 그럼에도 계절이 바뀔 때마다 한 번씩 옷장 정리를 할 때 대체 그간 어떤 옷을 입고 다닌 것인지 의문이 들었다. 거기에 자주 달리기를 하다 보니 집에 안 입는 마라톤 대회 옷까지 많아지고 처치 곤란인 옷들이 쌓여갔다. 사실 옷만 쌓이면 다행이다. 예전에는 예쁜 상자나 쇼핑백들도 잘 못 버리고 모아두었다. 이런 나를 보며 엄마는 나를 이해하기 어렵다고 했다.

"왜 이렇게 쓸모없는 것들을 모아두는 거야. 다 버려."

"언젠가 쓸 거야."

"그냥 다 버리면 안 될까?"

"아냐, 내가 정리할게."

생각해 보면 물건을 딱히 재활용한 적도 없었다. 시간이 흘러 물건을 쌓아 두는 것이 좋지 않다는 것을 깨닫고 나도 나만의 방식으로 기준을 세워 물건 정리를 하기 시작했다.

- 1년 안에 입을 옷인지 안 입을 옷인지 생각해 보고 처분하기.

- 그때는 필요 있어서 샀지만 지금 내가 사용하는 물건인지 생각해 보기.

- 충동구매로 산 물건은 아닌지. 유행에 따라 산 물건은 아닌지 생각해 보기.

- 사고 싶은 게 있으면 장바구니에 넣어두고 일주일 뒤에도 내가 살 것인지 판단하기.

코로나19가 유행할 무렵 H사에서 주최한 기부런은 나에게 흥미롭게 다가왔다. 대회 참가자가 안 입는 옷들을 대회 운영처에 보내면 그 옷들을 업사이클링 티셔츠로 다시 만들어서 대회 참가자들에게 배포하는 방식이었다. 업사이클링의 사전적 의미는 '재활용할 수 있는 옷이나 의류 소재 따위에 디자인과 활용성을 더하여 가치를 높이는 일'이란다. 옷장을 뒤적여 본다. 그동안 '언젠간 입겠지?' 하고 차곡차곡 모아둔 내가 입지는 않지만, 멀쩡한 옷들이 많이 보였다. 그중 제일 멀쩡한 옷 여러 개를 챙긴 후 택배를 보내기 위해 포장을 한다. 편의점으로 뚜벅뚜벅 걸어가서 예약해 둔 택배 예약 번호를 무인 단말기를 통해 접수하고 운송장 번호를 받는다. 이게 뭐라고 택배를 부치면서 굉장히 뿌듯하다. 마치 환경을 위해 대단한 일을 한 것처럼 기분이 좋다. 사실 내가 한 일은 정말 작은 일이었지만 버려질 수도 있는 옷을 지속 가능하게 만들 수 있다는 행동이 의미 있다는 생각이 든다.

내가 나중에 받은 대회 패키지에도 다른 분들이 기부해 업사이클링 티셔츠가 사선으로 각기 다른 원단으로 봉제되어 대회 이름의 찍찍이 벨크로가 붙어있었다. 세상에 단 하나뿐인 독특한 티가 만들어진 것이다. 이런 티셔츠가 또 어디에 있을까? 유행은 빠르게 변화하고 패스트패션(Fast fashion) 유행을 따른 의류들은 대량 생산되고 폐기된다. 매년 생산되는 옷이 무려 1,000억 개라고 하고, 버려지는 옷은 그 해 생산되는 옷의 1/3 수준이라고 한다. <환경스 페셜> '옷을 위한 지구는 없다'편에 나오는 가나의 수도 아 크라 어민들의 고민이 바로 바다에 떠밀려오는 미역 같은 버려진 의류라고 한다.

기부런은 코로나19 팬데믹 시기에 열린 대회라 따로 어 디에서나 뛰고 인증만 하면 되는 10km 대회였다. 어디에 서 달릴지 고민하다가 회사와 가까운 탄천으로 나가서 몸 을 풀고 달리기를 시작했다. 여름날 탄천에서의 달리기는 말 그대로 찜찜함과 뿌듯함이 공존하는 경험이었다. 달리 기를 시작하기 전부터 이미 습한 공기가 피부에 달라붙는

107

느낌이 강했다. 여름의 습한 공기가 무겁게 가라앉아 있었다. 풀숲에서 들려오는 곤충 소리조차 귀에 크게 들렸다. 얼굴로 날아드는 초파리들은 마치 이곳이 자신의 영역임을 주장하는 듯 달라붙어 떨어질 줄 몰랐다. 손으로 휘휘 저어도 계속해서 눈 주변을 맴도는 초파리들이 성가셨다.

풀숲을 지나칠 때마다 거미줄이 팔에 걸리는 느낌도 있었지만, 의미 있는 달리기이기 때문에 끝까지 달리고 싶은 마음이 컸다. 누구의 시선도 의식하지 않고, 오로지 나만의 속도로, 나만의 페이스로 달릴 수 있었다. 시계에 10km가 찍히고 나서야 멈춰서 물을 벌컥벌컥 마셨다. 그 순간, 찜찜했던 모든 감정이 씻겨 내려가는 듯했다. 땀에 젖은 몸을 식히며 마시는 물 한 모금은 세상에서 가장 달고 시원했다. 원효대사 해골 물이 바로 이 맛이었을 것이다.

달리기를 하면서 내가 지구를 위해 조금이라도 도움이 될 수 있다는 사실이 기분 좋았다. 비대면 대회였지만, 각자의 자리에서 함께 달리고, 서로의 이야기를 공유할 수 있어서 뜻깊었다. 앞으로도 이러한 기부런이 더 많이 열리기를 바란다. 나처럼 달리기를 좋아하는 사람들이 환경 보호에 동참할 수 있는 기회가 많아진다면, 작은 변화들이 모여 큰 변화를 끌어낼 수 있을 것이다. 달리기를 하다 보면 정말 많은 대회 운동복이 쌓인다. 지구와의 공존을 위해 개인이 할 수 있는 일들이 무엇이 있을까 생각해 본다. 나중에 바자회를 열어서 안 입는 옷이나 용품들을 판매하고 작은 수익이라도 도움이 될 만한 단체에 기부하는 의미 있는 일을 하고 싶다.

여름 달리기의 고단함 속에서도 시원한 물 한 모금이 새 생명을 주듯, 우리의 작은 노력도 언젠가 지구에 새로운 숨결을 불어 넣을 것이다. 달리기처럼 천천히, 꾸준히, 그렇게 함께 가는 길을 꿈꾼다.

오늘 달리기 어떠셨어요?

만호: 넌 재밌게 살고 있냐?

지원: 네? 뜬금없이…….

만호: 높이 뛰어넘는 거 이거 네가 원하는 것만큼 넘으면 뭐가 달라지냐?

지원: 글쎄요, 뭐 달라지라고 하는 거 아닌데. 그냥 좋으니까. 넘고 싶으니까.

- 영화 〈페이스 메이커〉

매일 달리기를 하다 보면 색다른 달리기를 경험하고 싶어지는데 그럴 때 나는 특별한 달리기 모임에도 참석하지만 직접 색다른 달리기 모임을 열기도 한다. 영화 〈페이스 메이커〉에 주인공 달리기 선수 민호는 높이뛰기 선수 지원에게 재밌게 살고 있느냐, 높이 뛰는 걸 더 높게 뛰면 뭐가 달라지냐고 묻는다. 지원은 "그냥 좋으니까."라고, 대답한다. 사실 나도 색다른 달리기를 하는 이유는 그냥 재밌고 좋아서이다.

스포츠 양말 브랜드 컴포트에서 앰배서더 활동을 하면서 특별한 달리기를 기획했다. 누가 시킨 것도 아니지만 나름 스포츠 양말 브랜드의 앰배서더이니 색다른 것들을 많이 기획해 보고 싶었다. '코리아컬처디깅런'. 말 그대로 한국 문화를 경험해 볼 수 있는 곳에서 달리기하는 것이었다. 반년간의 프로젝트라고 생각하면서 매월 새로운 달리기를 계획했다. 처음에는 우리는 한국인이지만 '과연 한국 문화에 대해서 얼마나 알고 있나?' 라는 물음표에서 시작했다. 주변에 달리기하는 친구들에게 물었다.

"한국 문화를 주제로 달리기를 월별로 주최할 건데 어때? 달리기가 끝나고 전통차를 먹거나, 전통 떡을 만드는 체험 같은 것을 하는 거지."

"새롭고 좋은데? 나도 참여할래."

생각보다 주변 반응이 좋아서 그대로 추진하게 되었고 매월 다섯 번의 한국 문화런을 기획했는데 막상 시작하고 나니 생각보다 큰일을 저질렀구나 싶었다. 포스터 만들기부터 장소 섭외, 기획까지 전부 직접 하게 되었으니까. SNS에 포스터를 올려서 달리기 모임을 홍보했다.

"첫 모임의 주제는 경복궁, 삼청동 일대를 달리고 전통차 마시기입니다. 함께 재밌게 달리고 우리 한국 문화를 알아보는 시간으로 고즈넉한 한옥 카페에서 달리는 이들과 즐거운 대화해요."

인스타그램 프로필에 간단한 신청서를 링크를 걸어두었는데 걱정과 달리 생각보다 더 많은 인원이 모였다. 거의 40명이 되는 인원이었다. 많은 인원이 참여하였기에 미리 전통찻집에 단체 예약도 해두었다. 안국역에 모여 8km 정도 되는 도심을 달리기 시작했다.

"자, 모두 힘내세요. 거의 다 왔어요. 파이팅!"

뒤떨어지는 분이 있으면 응원하며 함께 달린다. 매력적인 경복궁, 삼청동을 지나가는 코스였다. 전통찻집에서는 조를 나누어 앉아서 두런두런 이야기를 나누며 차를 마신다. 우선 모두 공통의 관심사를 가진 사람들이 만나니 처음 만난 분들과도 어색함이 덜하다.

"평소에는 주로 어디서 뛰세요?"

"오늘 달리기 어떠셨어요?"

"중간중간 건널목이 있어서 그나마 쉴 수 있어서 좋더라고요."

달리기를 공통 주제로 다양한 이야기를 나눈다. 주문한 차들이 나온다. 잣이 두세 알 올려져 있는 쌍화차, 얼음이 동동 띄워져 있는 오미자차 등 평소에 자주 마시지 않는 차들이었다. 달리기 후에 평소 커피를 자주 마셨던 분들은 이런 경험이 새로워서 좋았다는 감사한 메시지를 주셨다.

다음에는 전통 꽃 떡 만들기 체험을 주제로 오픈런을 주최했다. 떡박물관 측에 실제로 만들 꽃 떡 이미지를 이

메일로 받고 홍보 포스터를 만들어서 홍보했고 이번에도 생각보다 반응이 뜨거웠다. 6km 단체 달리기 이후에 종로 떡박물관에 모여서 강사님의 떡 만들기 강의를 들으며 매화 떡과 수국 떡 두 가지 모양의 꽃 떡을 만들었다. 미리 만들어져 있는 형형색색의 반죽을 꽃 모양으로 잡고 안에 팥앙금을 적당히 넣어준다.

"이거 생각보다 더 맛있네요."

서로 떡에 대한 의견도 나누고 본인의 떡이 예쁘다고 자랑도 해본다. 색도 다양해서 생각보다 예쁘고 맛도 좋아서 놀랐다. 떡의 유래에 대한 설명이 가득한 아래층의 박물관에서 떡에 대한 설명을 들으면서 마무리한다. 깜짝 이벤트로 강사님에게 가장 예쁘게 떡을 빚은 1인을 뽑아달라고 말씀드렸고 1위로 뽑힌 친구에게는 따로 작은 선물을 챙겨주었다.

비빔밥런을 열기도 했다. 조를 짜서 조별로 비빔밥 재료를 각 조 원이 챙겨와서 조마다 다른 맛의 비빔밥런을 진행했다. 한 명은 콩나물과 나물들, 한 명은 고기볶음, 한 명은 달걀프라이 해오기, 한 명은 고추장, 참기름 챙기기 등등 각자 역할을 나누었다. 트랙을 달리고 대관한 공간에서 조별로 옹기종기 모여 비빔밥을 만들었다.

공간대여 사장님께서 여쭤보신다.

"외국인들이에요?"

"아, 아니에요."

비빔밥을 다 같이 만든다고 공간대여를 하니까 오해하실 법도 했다. 동시에 미래에는 외국인 분들과도 함께 이러한 문화 달리기를 진행해도 참 좋겠다는 생각도 살며시 든다. 이 특별한 달리기를 위해 큰 양푼 그릇이 집에 6개나 생겨버렸지만, 후회하지 않는다.

다양한 주제의 월별 달리기 이벤트를 진행하면서 함께 운동하는 주변 친구들의 도움을 정말 많이 받았다. 사진을 찍어주는 친구, 함께 달리면서 페이스를 맞춰주는 친구, 짐을 맡아준 친구까지 모두에게 감사하다. 앞으로의 달릴 길 위에서 나도 그들의 버팀목이 되어야지.

러너의 카페, Just run eat

"사장님, 오늘 8시까지 영업하시죠?"

자양역에 달리기하는 사장님이 차린 카페가 생겼다는 소식을 듣고 크루 친구들과 그 카페를 가는 번개런을 열었다.

"여기 아는 분이 하시는 거야?"

모임 친구가 물어본다.

"아니, 그냥 러너분이 오픈했다고 해서서 궁금해졌어."

정말로 원래 내가 아는 분도 아니고 SNS를 하다가 우연히 러너를 위한 카페가 생겼다는 소식을 듣고 가게 된 것이다. 공통사란 얼마나 대단한 것인지, 모르는 분이어도 같이 러닝을 한다는 그 사실 하나가 그 많은 카페 중의 한 곳인 그곳으로 발걸음을 향하게 만들었다.

가게 영업시간을 검색해 보니 8시까지여서 달리기 친구들과 오후 6시 30분으로 약속 시간을 잡는다. 다들 거의 제시간에 모였다. 구 뚝섬유원지역이기도 한 자양역 자벌레 모양 건축물 아래에 모여 준비운동을 한다. 며칠 전만 해도 눈이 정말 많이 와서 바닥이 미끄러울까 봐 내심 걱정을 했는데 한강 부근은 그새 눈이 녹아서 달리기에 딱 맞았다. 오랜만에 만난 러닝친구들도 있어서 서로의 안부도 묻고 30분 정도 달리고 카페에 전화를 걸어본다.

자양역에서 걸어서 5분도 안 걸리는 위치에 있는 카페였지만 혹시나 해서 8시까지 영업하시는지 여쭈어보았다.

"네, 오셔도 돼요."

그렇게 방문하게 된 이제 한 달이 되었다는 새로운 카페. 문을 열자 향긋한 커피 향이 코를 자극한다. 11월 말에 방문했지만, 곧 다가오는 크리스마스에 맞추어서 빨간색의 타탄 체크무늬의 테이블보가 펼쳐져 있었다. 그 위에는 작은 크리스마스트리 장식물과 미니 빗자루가 달린 플라스틱 자동차 장난감이 놓여 있다. 나중에 알고 보니 그 장난감에 달린 빗자루는 스콘 가루로 만든 빗자루라는 것을 알았는데 정말이지 귀여운 소품이었다.

"크리스마스 시즌이라 마침 오늘 딱 인테리어를 바꾼 날이에요."

인자한 미소를 가지신 뿔테 안경을 쓰신 사장님께서 이것저것 설명을 해주셨다. 우리는 커피, 차, 이곳의 대표 메뉴라는 단호박 스콘을 시키고 나서 카페에 다양한 볼거리를 구경했다. 긴 직사각형으로 되어있는 테이블이 1개만 있는 카페.

한쪽에는 흔히 6대 마라톤이라고 불리는 해외 마라톤을 다녀온 러너분이 영구 기증한 해외 마라톤 메달과 그

메달들을 다 모아야지만 받을 수 있다는 메달이 걸려있었다. 사장님이 평상시에 얼마나 좋은 사람이길래 누군가에게는 정말 소중했을 6대 마라톤 메달을 카페에 기부하셨을까 생각해 본다.

그 외에도 단백질 음료, 에너지 젤, 러너들이 스펠링을 커스텀해서 입을 수 있는 티셔츠와 미국에서 공수해 오셨다는 전사 라벨, 각종 그래픽 무늬를 찍을 수 있는 기계 등이 눈길을 사로잡았다.

"회사 생활을 오래 하다가 러너들을 위한 사랑방이 되었으면 좋겠다는 생각으로 카페를 만들었어요."

패션 회사에 오래 근무하셨다는 사장님은 직장생활 이후에 러너들을 위한 카페 'Just run eat'을 차리셨다고 한다. 마케팅 분야에서 오래 일하셨다는 사장님.

"오, 여기 마케팅 필요한 사람이 많아요."

아닌 게 아니라 실제로 사업을 하는 친구들이 좀 있었기에 웃으며 화답해 드린다.

"스콘이 데워지는 데 시간이 좀 걸려서 귤 먼저 드세요."

인원수에 맞게 준비해 주신 적당한 크기의 귤이 테이블 위로 올라온다.

"와, 감사합니다."

모임원들 모두 환호한다. 감사의 말씀을 드리고 달콤하고 새콤한 귤을 한 알 한 알 까먹으면서 "아직 안 추워서 달릴만하다, 오늘 한강은 눈이 다 녹아서 뛰기 좋았다." 등의 이야기를 주고받는다. 러너의 카페에서 러닝 이야기를 나누는 모습이 이렇게 자연스러울 수가 없었다.

이어서 나온 단호박 스콘.

"제주도에 계신 트레일러너분이 직접 키운 단호박을 넣은 수제 스콘이에요."

그래서인지 더 담백하면서도 중간중간 씹히는 단호박의 적당한 단맛이 입맛을 돋운다. 가만히 보니 이 카페에 대부분이 러너분들이 만든 것, 러너 분이 직접 뜬 결과물 등으로 이루어져 있었다. 직사각형의 이 공간 안에 얼마나 많은 정성과 달리기에 대한 진심 어린 마음이 들어갔는지 감히 가늠되지도 않는다.

우리가 서로 사진을 찍고 이야기를 나누는 사이 폴라로이드 카메라를 들고 오신 사장님. 아날로그 감성을 좋아하는 친구들은 더 신이 나서 호응한다. 러너의 방명록도 있어서 우리는 한 글자 한 글자 우리가 느낀 점들을 꾹꾹 눌러 적는다.

"단호박 스콘이 마음까지 따뜻하게 해주는 곳이네요."

"사장님께서 카페 곳곳에 애정을 담아 가꾸신 게 정말 느껴지는 곳입니다."

그렇게 따뜻함을 가득 안고 카페를 나선다.

"다음에 또 올게요."

흐리면 흐린대로 느낌이 있을거야

어렸을 때부터 사진 찍는 걸 유난히 좋아했다. 20살에 중고장터에서 단종된 필름 카메라를 사서 필름을 잔뜩 사서 들고 여행을 가거나, 디지털카메라로 사진을 찍어서 인터넷에 풍경 사진들을 올리기도 했다. 사람의 마음을 표현하는 데는 여러 가지 방법이 있다. 그 당시 나는 사진으로 내 마음을 표현했다.

런던의 어떤 상점 안 윈도 98화면이 띄워져 있는 노트북 키보드 위 타자기 대신 올려져 있던 재치 있는 와플을 렌즈에 담았다. 베네치아 거리에서는 햇살이 밝은 날 창밖에 널려있는 알록달록한 빨래도 찍었다. 베를린에서는 다양한 벽화들이 그려져 있는 베를린 장벽을 담았다. 그 뒤로 나의 필름 카메라는 생을 다했지만 말이다.

사람을 좋아하는 나는 자연스럽게 인물사진 찍는 일에 푹 빠졌다. 얼굴에 드러난 작은 표정의 변화, 눈빛에서 드러나는 감정, 몸짓에서 읽히는 개성까지 담을 수 있다는 점이 참 매력적이었다.

사진을 좋아했기 때문에 친구들의 달리기 훈련을 응원하러 나가면서 사진을 찍어주기 시작했다. 달리기를 시작하면서 누군가 달리는 모습을 찍을 때는 더 설렌다. 그들에게 추억을 남겨줄 수 있다는 사실이 뿌듯하기도 하다.

"와, 사진 잘 나왔네. 고마워."

친구들이 이런 이야기를 해줄 때마다 작은 뿌듯함이 느껴졌다. 달리기는 사람을 완전히 드러내는 운동이다. 그 순간의 집중, 힘겨움, 도전하는 표정이 거짓 없이 사진에 고스란히 담긴다. 인물사진을 찍는 것과는 또 다른 느낌이었다. 달리는 사람의 사진을 찍는다는 건 생각보다 만만치 않은 작업이다. 달리기는 동작이 크고 속도가 빠르므로 그래서 멋진 순간을 포착하려면 연사 상태로 두고 여러 장을 찍어야 한다. 한두 장 찍고 끝나는 게 아니라, 수십 장 찍은 후에 그중에서 건질 만한 사진을 골라내야 한다. 그다음은 보정 작업이 남는다. 사진을 컴퓨터에 옮겨놓고 한 장씩 들여다보면서 밝기를 조정하거나 색감을 바꿔주는 과정은 시간 소요가 크기도 하지만 보정으로 멋지게 탄생하는 사진들을 보면 빼놓을 수 없는 작업이다. 그럼에도 달리는 순간의 그 에너지를, 그 생동감을 남길 수 있다는 건 정말 멋진 일이다.

어느 날 함께 달리기하는 D 동생에게 연락이 왔다.

"언니, 나 이번 주에 다리를 조금 다쳐서 쉬는 김에 사진이나 찍을까 하는데, 모델 좀 되어줄 수 있어?"

운동하다가 다친 줄 알았더니 출근길의 에스컬레이터

에서 잘 못 넘어진 그녀는 코듀로이 바지를 입고 있었음에도 에스컬레이터 끝의 뾰족한 부분에 크게 다쳐버렸다고 했다. 우선 그녀의 안부를 물은 뒤에, 흥미로운 제안을 흔쾌히 수락했다. 사진을 찍는 것도 좋아하지만, 찍히는 것도 꽤 좋아하는 나로서는 반가운 제안이었다. 물론 진짜 모델만큼은 아니지만 일반인 모델로 최선을 다하는 정도로……

약속을 잡은 날 당일, 어디를 갈지 고민했다. 운동복을 입을까? 사복을 입을까? 사실 그녀와는 거의 매번 운동복을 입고 만나기 때문에 이번에는 사복을 입기로 했다. 더 추워지기 전에는 못 입을 옷들을 입고 갔다. 옷장 속에 걸어둔 여성스러운 셔링이 흐르는 보트넥 티셔츠와 슬랙스를 처음으로 개시했다. 누가 보면 데이트 나가는 줄 알 것 같다.

판교. IT 분야와 나는 거리가 멀기 때문에 사실 거의 갈 일이 없는 곳이지만, 항상 유쾌한 D 동생이 근무하는 곳이기 때문에 서둘러 길을 나섰다. 11월의 날씨에 비가 와서 흐린 날씨였다. 그나마 그녀가 일을 빨리 시작해서 빨리 끝나는 편이었기에 적당한 빛 속 갈대밭에서 사진을 찍었다. 새로운 풍경 속에 눈이 즐거워졌다.

"흐리면 흐린 대로 느낌이 있을 거야!"

적당히 사진을 찍고 양꼬치를 먹으러 간다. 지글지글 돌아가는 양꼬치가 다 익어갈 즈음에 빨간 양꼬치 가루에 고기를 푹 찍어서 먹어본다. 양꼬치 집에서 빠질 수 없는 온면도 시켜서 함께 먹으면서 들어도 알기 힘들지만, 들으면 신기한 개발자의 업무 이야기도 듣고, 사는 이야기를 나눈다.

"언니, 감기 걸리겠다! 얼른 들어가!"

그녀의 따뜻한 인사 속에 판교행을 마친다.

11월이 되면 잠실 롯데월드몰 야외에는 예쁘고 화려한 크리스마스 트리가 진열되고 크리스마스 마켓까지 열린다. 달리기를 하다가 크리스마스 마켓 근처로 가서 사진을 찍을 만한 장소들을 찾아서 카메라 셔터를 눌러본다. 다음에는 집에 있는 카메라를 들고 가야겠다고 생각하고 달리기하는 친구들에게 메시지를 보낸다.

"달리기하고 나서 크리스마스 마켓 근처에서 스냅사진을 찍어볼까 하는데, 시간 되시는 분들 함께 모여서 달리기하고 사진도 찍어요." 그렇게 삼삼오오 모인 달리기 친구들.

"몸부터 풀어줄게요. 자, 목부터 돌려보겠습니다."

날은 춥지만, 석촌호수에 빛으로 가득한 터널 같은 공간들을 지나가니 괜히 겨울 러닝의 만족감이 고조된다. 두바퀴 5km를 다 달리고 나서 크리스마스 마켓쪽으로 걸어간다. 불빛이 없는 밤에 달리기 사진은 정말 어렵지만 오늘의 메인은 크리스마스 사진이다. 미리 어디서 찍어야 할지 눈 여겨두었던 장소 세 군데에서 한 명 한 명 사진을 담아준다. 사람이 많고 날씨가 춥기 때문에 셔터를 빠르게 누른다.

"자, 다음! 다른 포즈."

"아, 예쁘다."

다들 춥다, 춥다고 하면서도 사진 찍을 때만큼은 어린 아이처럼 밝은 표정이다. 빠질 수 없는 단체 사진까지 찍으면서 포토 번개를 마무리한다. 누군가에게 이 사진들이 한겨울 12월의 추억으로 남기를 바라면서.

끝까지 함께 달려보자

"조금만 더, 할 수 있어요."

처음 러닝크루에 들어가서 나갔던 모임은 5km를 달리는 양재천 러닝이었다. 어떻게 달려야 하는지 잘 몰랐었기 때문에 나름대로 운동은 좋아한다고 생각했음에도 4km가 되자 숨이 차오르기 시작했다. 그때 함께 달리던 모임원이 한 말이다.

"5분만 더 가면 돼요. (사실은 더 걸렸음에도) 힘내요!"

말의 힘은 얼마나 위대한가. 그렇게 숨을 헐떡이며 양재천을 따라 밤 달리기 5km를 완주할 수 있었다. 끝나고 먹은 따뜻한 국밥 한 그릇은 몸은 물론 마음마저 데워주었다.

사람마다 러닝크루에 들어가는 이유는 다 다를 것이다. 어떤 사람은 단순히 달리기 실력을 키우고 싶어서, 또 어떤 사람은 새로운 사람들을 만나기 위해서 크루에 합류할 것이다. 나 같은 경우는 처음엔 실력을 향상하고자 들어갔지만, 시간이 지나면서 사람과의 유대도 중요해졌다.

러닝크루에서 함께 달리는 경험은 마치 새로운 친구를 사귀는 것과 같다. 그 친구가 운동을 좋아하는 사람이라면 더 흥미로워진다. 요즘 전국적으로 러닝크루가 많아 어디든지 게스트로 들어가 체험해 볼 수 있다. 러닝크루의 큰 장점은 달리기가 덜 지루해진다는 것이다. 물론 혼자 달리기도 다른 사람의 페이스와 상관없이 나의 속도대로 달릴 수 있고 시간도 나의 일정에 맞추면 된다는 장점이 있다. 크루의 장점은 이와 또 다르다.

마라톤 대회에 나갈 때 특히 크루 멤버들의 힘이 느껴진다. 단순한 달리기에서 더 나아가 마라톤 완주나 기록 단축을 목표로 세우고, 그 과정을 서로 지지하며 이끌어가는 과정이 꽤 감동적이다. 예를 들어, 누군가 첫 10km 도전에 나선다면 크루 구성원들이 옆에서 끝까지 응원하고, 마침내 그 사람이 목표를 달성했을 때는 모두가 자기 일처럼 기뻐한다. 이런 순간 들이 모이면, 러닝이 단순한 운동이 아닌 하나의 중요한 경험이 된다.

혼자 준비하는 것과는 차원이 다르다. 워밍업을 할 때도 옆에서 스트레칭을 도와주고, 코스 중간중간에 응원의 목소리를 들으면 '내가 이걸 왜 시작했지?'라는 생각이 들어도 다시 힘을 낼 수 있다.

"같이 끝까지 해보자!"

정기 모임에 나가면, 페이스가 비슷한 사람끼리 그룹이 나뉘어 있어 자신에게 맞는 속도로 달릴 수 있다. 오늘 컨디션이 좋으면 빠르게 달리는 그룹에 들어가고, 그렇지 않다면 천천히 달리는 그룹에 합류하면 된다.

내가 속한 러닝크루 친구들은 대부분 성격이 내향형이다. 달리기하려고 모였을 때 처음에는 조용조용하지만, 함께 달릴 때만큼은 파이팅 넘치는 모습을 보여준다. 말은 많지 않지만, 같이 달리며 생기는 유대감이 크다. '우리는 같은 길을 가고 있다'라는 무언의 신뢰가 형성된다.

실제로 많은 참여자가 처음엔 부담스러워하다가도 러닝크루에서 얻는 에너지 덕분에 달리기를 즐기게 된다. 크루와 함께 달리면 뭔가 도전하고 있다는 기분이 들고, 그 과정이 즐겁게 느껴진다. 함께 달릴 때의 에너지는 혼자서는 경험할 수 없는 특별한 느낌이다.

크루끼리 소규모 경기를 하거나, 특정 장소에서 만나 코스 러닝을 하는 등, 다양한 형태의 모임이 이루어진다. 달리기 내부 이벤트 중에는 대표적으로 출석 이벤트가 있는데, 매월 가장 많이 달리기 모임에 나온 모임원에게 기프티콘 등의 리워드를 주는 것이다. 별거 아닌 것 같지만 은근히 출석률을 높여주는 데 한몫하는 이벤트 중 하나이다. 기억에 남는 달리기 이벤트는 크루 내부 달리기 대회인데, 내부적으로 배번도 만들고 동시에 한강을 달리는 것이다. 끝나면 간소하지만, 간식 패키지도 나누어주고 남녀 순위권인 모임원들에게는 상품도 준다. 내부 결속을 다지는 데도 한몫할뿐더러 모두가 즐길 수 있는 재밌는 대회이다.

크루에 있다 보면 자연스럽게 러닝에 대한 정보와 팁이 쌓인다. 어떤 신발이 장거리 러닝에 좋은지, 혹은 어떤 스트레칭 방법이 효과적인지에 관한 이야기를 쉽게 나눌 수 있다. 인터넷에서 검색해서 얻는 정보도 유용한 게 많지만, 현장에서 바로 얻을 수 있는 생생한 꿀조언인 '꿀팁'도 많이 들을 수 있다. 이렇게 서로 경험을 공유하고 배우면서 성장해 가는 과정이 참 재미있다.

어떤 단체에 속하는 것이 일정상, 혹은 개인적인 이유로 부담스럽다면 누구나 참여할 수 있는 달리기 모임인 오픈런이나 이벤트성 달리기도 추천한다. 현재 스트레칭 스튜디오인 리뉴스튜디오에서 매월 누구나 함께 달리는 '리뉴런데이'를 운영하고 있다. 느리든 빠르든 달리기하는 분들이라면 누구나 참여할 수 있다. 운동 전후로 꼼꼼한 스트레칭을 진행하고 참여자 맞춤형 달리기를 진행한다. 운동을 마친 후에는 함께 스튜디오에 둘러앉아서 차를 마시기도 하고 간단한 간식을 먹으며 서로 아이스브레이킹도 하고 특정 주제로 이야기를 나누는 시간을 갖는다. 모두 처음에는 어색해하지만, 공통 관심사인 마라톤 대회 계획으로 시작하여 자연스럽게 어색함은 점점 녹아내린다. 올해 새롭게 시도해 보고 싶은 일에 관한 이야기, 달리기를 시작하게 된 계기, 기억에 남는 일화 등을 나눈다. 서로의 개인정보에 대해 자세하게 오픈할 필요도 없다. 오픈런은 일단 어딘가에 소속되어서 출석에 대해 꼭 부담을 갖지 않아도 되고 다양한 러너들을 만날 수 있다는 점이다.

혹시 러닝크루 모임에 참석해도 될지 고민하는 사람이 있다면, 이러한 이벤트 모임부터 시도해 보라고 말하고 싶다. 어떤 모임이 본인 성향과 맞는지 미리 파악해 볼 수도 있고 참여해 보면서 본인과 맞지 않는다는 생각이 들면 다음에 안 나가면 되니까 큰 부담을 가질 필요도 없다. 가벼운 마음으로 시작해 보면 예상 밖의 즐거움과 동기부여를 얻을 것이다.

메리 크리스마스, 산타런

유치원에 다닐 때까지만 해도 산타의 존재를 믿었다. 동생과 나는 자기 전에 쪽지에 무엇을 갖고 싶은지 종이에 연필을 꾹꾹 눌러가면서 적어두었다.

"엄마 아빠, 나 갖고 싶은 선물 적어놨어. 산타할아버지가 선물 주시겠지?"

문 밖 벽에 붙여둔 종이가 날아가면 안 된다는 마음으로 문 앞에 소중하게 붙여둔다. 그런 다음 크리스마스 아침 일찍 일어나 문을 열어본다. 자전거 바구니 안에 알록달록 포장지로 선물이 들어있다. 물론 매번 내가 갖고 싶은 것은 아니었다. 낭비하지 않는 검소한 우리 엄마 산타는 대체로 우리 생활에 정말 필요한 아동용 내복 등을 준비하곤 했다.

'음악을 듣는 카세트 플레이어를 갖고 싶어요. 선물로 주세요.'라고 적었던 나는 조금 실망을 느끼는 것도 잠시 이내 잊어버리고 기뻐했다. 어린아이에게는 선물 상자가 집 앞에 있다는 것 자체가 신기한 경험이다. 특히 바스락거리는 선물 포장지를 뜯는 행위 자체가 기쁨 그 자체였다. 지금 생각해 보면 항상 일로 바빴던 엄마 아빠가 우리에게 산타가 있음을 믿게 해주려고 일이 끝나고 우리가 잠들기를 기다리며 나와 동생 몰래 선물을 포장했을 생각을 하니 희미한 웃음이 나오면서도 부모님이란 정말 대단하구나 싶다. 어린이날, 생일, 크리스마스 등 부모님이 선물을 챙겨주시던 시간이 그때는 당연했는데 지금 생각하면 바쁜 와중에 쉬운 일이 아니었을 것 같다. 부모님이 주셨던 것 중에 기억에 남는 선물은 그때 당시 내 또래 사이에서 인기가 많아서 나도 가지고 싶어 했던 GOD 4집 앨범 테이프와 어렸을 때부터 기계에 관심이 있어서 자동 스포츠카를 가지고 싶어 하는 나에게 빨간색 자동 스포츠카 장난감을 사주셨던 것이다. 아마 큰마음을 먹고 구매하시지 않았을까 생각해 본다.

달리기를 시작하고 기념일이나 어떤 날짜가 되면 특별한 달리기를 하는 편이다. 그중의 대표적인 날이 크리스마스이다. 어김없이 매년 찾아오는 크리스마스라고 특별히 의미 부여를 하는 것은 아니지만 알록달록한 조명으로 꾸며진 거리의 모습에 괜스레 마음이 따뜻해진다.

물론 집에서 쉬는 것도 좋지만 달리기하러 밖에 나가면 느낌이 또 다르다. 2022년 크리스마스에는 모두 빨간 양말을 신고 잠실 석촌호수를 돌았다. 모두 크리스마스 관련된 소품, 핀이나 머리띠를 머리에 장식하고 화기애애하게 달렸다. 나이는 대부분 30대 전후인데 마치 어린 아이들처럼 분위기를 만끽했다. '호' 하고 불면 입김이 나오는 영하의 날씨였음에도 우리는 즐거웠다. 그때 함께 달린 친구들에게 포토프린터기로 각자의 사진을 인화하고 크리스마스카드를 짤막하게 써서 나누었는데 그날만큼은 따뜻한 느낌을 모두가 느꼈으면 해서였다.

함께 달리기하는 H는 큰 키에 모델 같은 마스크와 긴 팔과 다리를 가진 친구이다. 배려심이 깊어 무언가를 할 때 서로 이야기가 잘 통한다. 그녀는 내가 놓치는 정보 등을 종종 알려주며 그녀가 고민이 있을때 가끔 나에게 털어 놓기도 한다.

2023년 추웠던 크리스마스에 나와 H는 함께 여럿이서 달리는 산타런을 주최했다. 우리는 산타 모자와 산타 망토를 둘렀고 참석자들과 함께 삼성역 현대백화점 앞 거대한 크리스마스트리 장식 앞에서 모였다. 참석자 중에는 루돌프 옷을 입고 온 친구도 있었다. 크리스마스 콘셉트에 맞게 입은 옷들이 빛을 발했다. 이 분위기를 누구보다 더 잘 느끼게 해주었으니까. 오밀조밀 모여 단체 사진도 찍고 탄천으로 넘어가서 크리스마스를 즐기는 달리기를 했다. 미처 다 녹지 못한 눈이 길가에 보인다. 다행히도 우리가 달리는 코스에는 문제가 없었다. 달리는 내내 뒤에서 하하

호호 웃음소리가 들린다. 달리면서 모두 외친다.

"오른쪽에 사진작가님 있어요. 포즈 취해요."

"이런 날, 다 같이 드레스코드 맞춰서 달리는 거 진짜 재밌는데요."

"신난다. 메리 크리스마스."

"여러분, 점프 한 번 할게요."

그때 찍힌 점프 샷은 아직도 내 스마트폰 앨범에 잘 보관되어 있다. 나는 평소에는 얌전한 편이라고 생각하는데 달리기를 할 때는 나도 모르는 여러 가지 모습과 마주하게 된다.

7km 전후로 달리기를 끝내고 배고픈 배를 부여잡고 식사가 가능한 사람들과 함께 샤부샤부를 먹으러 갔다. 겨울 하면 따끈한 국물류의 음식들이 떠오르는데 그중에서도 샤부샤부는 세 손가락 안에 드는 음식이다. 가지런하게 나오는 다양한 채소를 조심스럽게 국물에 하나하나 넣고 채수가 나오면 얇은 고기를 넣어서 익혀 먹는다. 고기와 채소를 어느 정도 먹고 나면 매끈한 칼국수를 끓여서 먹는다. 마지막에는 달걀을 톡 넣은 참기름 향이 고소한 죽으로 마무리하면 그렇게 든든할 수가 없다. 영하의 날씨에 굳은 몸이 풀린다. 사람들과 이런저런 이야기를 주고받는

다. 남은 오후에는 무엇을 할 것인지, 이번 크리스마스에는 케이크를 먹었는지, 연말 계획이 어떻게 되는지 등 소소한 이야기들이다.

"집에 가서 잘 거예요."

"넷플릭스 시리즈 볼 거예요."

"그 드라마 재밌던데?"

"오늘 저녁은 부모님이랑 먹으려고."

"내일 저녁에는 안 달릴래요?"

"내일은 종일 쉴래요."

크리스마스의 달리기는 나에게 샤부샤부와 소소한 이야기 같은 따뜻함을 연상하게 한다. 매번 달리는 장소는 달라져도 누군가 곁에 있었다는 기억을 남겨주는 크리스마스를 보내고 싶다.

Thank you, my friend

함께 달리기하는 친구들과 대전으로 런트립을 향했다. 신청해 둔 하프마라톤 대회에 참가하기 위해서이다. 대전은 또 처음이다. 자동차에 짐을 싣고 서울을 떠나면서부터 설렘이 가득했다. 달리기를 하면서 정말 국내 전국 순회도 가능할 것 같다는 생각이 들었다. 어쩌면 마라톤이라는 것이 단순히 달리는 것 이상으로 여행의 즐거움까지 선사하는 도구가 될 수도 있겠다고 느꼈다.

'대전' 하면 성심당이 아닌가? 대회 끝나고 꼭 성심당에 가야겠다고 마음먹었다. 유명하다는 딸기 시루에는 딸기가 얼마나 들어있을까 생각하니 살짝 침이 고인다. S 친구가 운전대를 잡아준 덕분에 편하게 대전까지 갈 수 있었다. 창밖으로 스쳐 지나가는 풍경은 가을빛으로 물들어 있었고, 차 안에서는 조용히 플레이 리스트에 있는 노래들이 흘러나왔다.

거실과 작은 방 두 개가 딸린 에어비앤비에 도착했을 때는 이미 늦은 밤이었다. 짐을 풀고 나서 거실에 둘러앉아 감자강, 양파링 등의 과자를 먹으면서 소소한 이야기를 나누었다. 친구들과 나누는 대화는 언제나 그렇듯 유쾌하고 따뜻했다. 대회 이야기를 하다가도 곧잘 다른 주제로 다양한 달리기 이벤트 얘기로 넘어가곤 했다. 결국 늦은 시간까지 웃으며 이야기하다가 하나둘씩 잠에 들었다.

다음 날 아침, 대회장으로 향하는 발걸음이 가볍다. 맑은 하늘 아래로 대전의 풍경이 펼쳐지는데, 처음 온 도시라 그런지 모든 것이 새롭게 느껴졌다. 대회장 곳곳을 돌아다니며 사진을 남겼다. 사진 속의 나는 조금 긴장된 얼굴이었지만, 설렘 또한 감추지 못한 표정이었다. 대회장에서 아는 얼굴은 없을 줄 알았는데, 역시나 서울에서 내려온 사람은 우리뿐만이 아니었다. 여기서 마주친 아는 얼굴들은 서울에서 보던 때보다 더 반갑게 느껴졌다. 출발 전에 간단히 인사를 나누며 서로 좋은 레이스가 되기를 기원했다.

햇살이 매우 뜨거운 날이었다. 달리기용 고글을 쓰고 출발선에 섰다. 시원한 바람이 불어줄 거라 기대했지만, 바람보다는 뜨거운 햇살이 얼굴을 감싸고 있었다. 출발 신호가 울리고 나서 얼마 지나지 않아 선두권에서 외국인으로 보이는 여자 러너 한 명이 눈에 띄었다. 고수로 보이는 그녀 외에는 앞쪽에 다른 주자가 없었다. 일단 열심히 달렸다. 발걸음이 하나둘 리듬을 타며 나아가는 동안 주변의 소음도 잦아들고, 오직 내 심장박동 소리와 호흡만이 귀에 맴돌았다.

어느 순간 그녀와 나란히 달리게 되었다. 처음엔 신경 쓰지 않으려 했지만, 같은 속도로 달리는 그녀와의 묘한 동료애가 생겼다. 그러다 그녀가 나에게 말을 걸었다.

"What's your pace?"

나의 페이스를 물어본다. 조금 당황했지만 km당 몇 분 페이스로 달리고 있다고 대답했다.

"Okay, let's go together."

나와 함께 달리자고 한다. 예상하지 못한 제안에 순간적으로 어리둥절했지만, 곧 그녀와 나란히 달리기 시작했다. 그녀는 분명 나보다 기량이 훨씬 뛰어나 보였는데, 아마도 긴 거리 레이스에서 힘을 적절히 분배하려는 것 같았다. 나로서는 그저 고마운 일이 아닐 수 없었다.

함께 달리면서 대화도 잠시 이어졌다. 서로의 러닝 경력을 간단히 이야기하며 웃음도 나누었다. 10km가 넘어가면서 해가 중천에 떴고, 점점 내 페이스가 느려졌다. 처음 목표했던 페이스보다 뒤로 밀리면서 다시 끌어올리려 시도했지만, 이내 밀리고 또다시 끌어올리는 상황이 반복되었다. 그 모습을 본 그녀가 나에게 조언을 건넸다.

"Don't push yourself too hard."

너무 나 자신을 밀어붙이지 말라는 그녀의 말에 머리가

떵했다. 그동안 나는 얼마나 기록에 집착하며 나 자신을 압박했는지 깨닫게 되는 순간이었다. 레이스를 거듭하며 내 몸과 마음에 얼마나 많은 부담을 주었는지 돌아보게 되었다. 그녀의 말은 단순한 조언이 아니라 내 달리기 철학을 다시 생각해 보게 하는 계기가 되었다.

파워젤을 먹을 타이밍이 되어 가방에서 하나를 꺼냈다. 하지만 그녀의 손에는 아무것도 들려 있지 않았다. 역시 고수는 다르구나 싶었다. 함께 달리게 된 인연인데 혼자 먹기에 민망해서 파워젤 하나를 그녀에게 건넸다. 처음에는 손사래를 치며 괜찮다고 했지만, 내가 두 개를 챙겼다고 하니 그제야 받아들였다. 그녀는 그마저도 절반만 먹고 멈췄다. 물론 나는 끝까지 쭉 짜서 남김없이 먹었다. 몸과 마음을 회복하는 데 모든 것을 쏟아붓는 나와는 대조적이었다.

레이스는 평탄한 코스로 진행되었지만, 날씨 때문에 쉽지 않았다. 결승선이 가까워지자, 그녀는 스퍼트를 시작했다. 역시 기량이 뛰어난 친구였다. 나도 있는 힘을 다해 스퍼트를 내보았지만 이미 그녀를 따라잡을 수 없다는 건 알고 있었다.

결과적으로 그녀는 1위, 나는 2위로 입상하게 되었다.

하프마라톤 대회에서 입상하다니! 고수들이 전국 대회로 분산된 덕분이었지만, 그래도 순위권에 오른 기쁨은 말로 표현할 수 없었다. 하지만 어찌 된 일인지 입상자 발표에서 내 이름이 1위로 불렸다. 외국인 친구도 어리둥절하며 가만히 서 있었다. 상황을 파악한 나는 그녀를 데리고 대회 운영본부로 갔다.

"이분이 1위인데 다시 확인해 주시겠어요?"

주최측은 회의 끝에 외국인 입상은 별도라는 입장을 내놓았지만 이미 시상식 시간이 임박했기에 결국 그녀를 함께 포디움에 올리기로 했다. 그렇게 우리는 나란히 시상할 수 있었다. 그녀는 미소로 고마움을 전했다.

"Thank you, my friend."

마음은 1등, 적어도 3등

스포츠 브랜드 나이키에서 달리기 대회가 열렸다. 평소에는 크게 관심이 없던 '릴레이' 대회였지만, 이번만큼은 솔깃했다. 동성 4인 팀을 꾸려서 신청하는 방식이었다. 마음 맞는 동성 네 명이 팀을 먼저 꾸리는 것부터가 일이었다. 누구와 팀을 꾸려야 할지도 감이 오지 않아 이 대회는 아쉽게도 참여가 어렵겠다고 생각했다.

그러던 어느 날, 교대에서 오픈런을 주최해서 처음 보는 러너분들과 함께 달리고 있었을 때, 중년의 여성 러너분께서 살짝 다가오시더니 나이키 대회에 팀으로 나갈 생각 없냐고 묻는 게 아닌가. 알고 보니 그분도 대회에 나가고 싶으나 팀원을 구하지 못한 상태였다. 달리기라는 공통 관심사를 가진 우리는 어색할 틈도 없이 "좋아요, 같이 가요!"라는 대답을 주고받았다. 그렇게 4인의 '7090팀'이 결성됐다. 괜히 좀 든든했다. 그저 동성 팀원이 아니라 '세대 통합팀' 아닌가.

본선 진출 전 나이키 대회 예선을 위해 서울 이촌 한강공원으로 나섰다. 예선은 팀원이 각각 800m씩 달려야 하는 긴장감이 고조되는 단거리 레이스였다. 특히 제주행 본선 진출이 걸린 '팀전'이란 게 참 무겁게 다가왔다. 나 하나가 잘못하면 전체 팀의 결과에 영향이 가니 신경을 안 쓸

수가 없다. 팀전이기 때문에 절대로 오버하지 않으면서도 있는 힘을 최대한 짜내야 해서 많은 부담감이 느껴졌다. 그래도 멋진 팀을 만나 예선전을 무사히 통과한 우리는 본선에 진출하게 되었다.

본선 준비를 위해 9월 한 달간 정말 열심히 달렸다. 개인전 마라톤 대회보다 더 열심히 준비했다. 새벽에 나가서 빠른 속도를 위한 스피드 훈련까지 했으니까 말 다 했다. 개인전은 내 기록의 한계를 뛰어넘는 재미로 달리기 때문에 기록이 행여나 못 나와도 내 탓이고 잘 나와도 내 탓이다. 하지만 팀전의 경우 내가 잘 못 달릴 때 팀 결과에 영향을 미치기 때문에 사실 꽤 부담스러운 레이스이다. 오버페이스해서 빨리 지칠 때도 문제가 되고, 혼자 여유롭게 천천히 가도 팀의 성과에는 도움이 안 되기에 누구나 부담을 느끼고 임하는 것이 팀 릴레이다.

제주에선 관광도 하면서 조깅 정도는 해본 적이 있지만, 대회로 정식 참가하는 건 이번이 처음이었다. 우리가 타는 비행기는 RUN으로 크게 랩핑 되어있는 브랜드 전세기였다. 제주도로 향하는 길은 다소 비현실적이었다. 팀원들과 우리 팀명이 적힌 목걸이를 걸고 비행기에 오르는데, 마치 스포츠 영화 주인공이 된 것 같았다. 평상시에 잘

보지 못하는 연예인들도 이 대회를 위해 같은 비행기에 많이 올랐다.

제주도에 도착하여 코난 비치라는 이름도 멋있는 비치에 도착했다. 풍력발전기가 한눈에 보이는 코난 비치는 눈으로 보는 것만으로도 분위기에 압도당하는 느낌이었다. 에메랄드빛 푸르른 바다에서 서핑, 수영하는 분들도 보인다.

대회 본선 세트장을 멋지게 지어둔 것이 눈에 들어온다. DJ 부스가 있었고 참여자들이 쉴 수 있는 자리들이 여기저기에 있다. 곳곳에 멋진 사진을 찍을 수 있는 포토존들이 보인다. 9월 말 제주도의 낮은 여전히 한여름처럼 뜨겁고 태양은 강렬하다. 한 잡지사에서 우리 팀에 인터뷰를 요청했고 연장자이신 언니가 마이크를 잡았다.

"팀 Why not, 이번 제주 본선 순위 어떻게 예상하시나요?"

"마음은 1등, 적어도 3등은 해야겠죠?"

밝게 웃는 언니의 목표를 들으면서 나도 웃고 있었지만, 속으로는 긴장감과 함께 '아, 이제 정말 어떡하나. 잘해야 하는데.' 하는 걱정이 앞섰다.

대회복으로 갈아입고 뜨거운 태양을 피하고자 캡모자

도 쓰고 고글도 끼고 새 러닝화도 신고 대기를 한다. 본선은 낮 2시 반에 시작되었고 4명이 41km를 나누어 달리는 팀 릴레이였다. 나는 2번 주자로 배정되었다. 나의 차례가 오기 전부터 마음을 다잡았다. 부디 내가 팀에 피해를 주지 않기를.

1번 주자인 H 언니가 들어오고 드디어 팀 릴레이 띠(릴레이 대회에서는 대각선으로 멘 띠에 기록 칩이 붙어있다)를 넘겨받았다. 제주도 해안의 맞바람은 예상했던 것보다 거셌고, 바람에 맞서며 속도를 내는 건 정말이지 고역이었다. 반환점을 지나며 조금씩 페이스를 올리려 했지만, 속도가 생각만큼 안 붙었다. 그래도 이를 악물고 버텼다. 운이 좋게 6명 정도를 따라잡고 나니 마음이 살짝 놓였고, 그제야 팀원들에게 도움이 되었다는 작은 안도감이 나를 감쌌다. 마지막 4번 주자에서 우리 팀이 1위가 되었을 때 그 환호는 잊을 수 없다. 단체로 시상이 이루어지는 푸른 바다를 배경으로 한 포디움에 올랐을 때도 그 순간만큼은 정말 꿈만 같았다. 우승 상품으로는 브랜드의 옷 풀세트와 가방, 모자, 러닝화 등을 받게 되었고 발리 왕복 항공권까지 받게 되었다. 41km 릴레이 1등이라니. 재미로 시작한 달리기였는데 내가 항공권까지 받는 이 상황이 신기하면서도 얼떨떨하기도 했다.

시상하느라 미리 받아둔 바비큐가 차갑게 식어버렸지만 맛있기만 했다. 본선을 마치고 제주도의 유명한 호텔에서 묵는 호사를 누렸다. 물론 밤 10시 가까이 돼서 도착하는 바람에 온전히 즐기지는 못했지만 그래도 함께 방을 쓰게 된 친구와 미주알고주알 이야기하며 밤을 보냈다. 이 모든 것은 내가 잘나서가 아니라 좋은 팀원들이 있었기에 함께 만들 수 있는 결과였다.

제주에서 돌아와서 얼마 지나지 않아 다리가 욱신거린다. 대회에서 시작, 끝 지점 20m 정도 있었던 자갈밭을 열심히 달릴 때 발목이 조금 꺾이면서 오른쪽 다리 비골근이 조금 늘어난 탓이었다. 다음 운동을 위해 열심히 스트레칭을 해주었다. 모두 함께 만들어 낸 결과를 다시금 상기하면서 포근한 이불을 턱 끝까지 끌어올렸다.

명랑한 달리기 친구들의 코스튬런

"와, 이거 재밌겠는데?"

카카오뱅크에서 1회 단축 마라톤을 주최했다. 거리 10km 단일 코스로 여의나루 한강공원에서 펼쳐진 대회였다. 함께 달리는 크루 친구들에게 애벌레런을 제안했다. 외국 영상에서 보고 참고한 복장이었다. 애벌레런을 간단히 설명하자면 정확히는 아이가 가지고 노는 애벌레 모양의 터널 3개를 중간중간 끈과 밴드로 이어서 코스튬처럼 만들어 입고 네 명이 함께 달리는 달리기였다. 달릴 때는 네 명이 모두 이어져 있어 같은 페이스로 함께 달려야만 한다. 명랑한 달리기 친구들의 흔쾌한 수락. 그 뒤로 바로 터널과 부자재를 사서 연결을 했다.

대회 전날, 넷이 만나서 연습을 해본다. 네 명이 모두 연결된 채로 달려야 하므로 연습은 선택이 아닌 필수였다. 나는 1번 애벌레를 맡게 되어 자연스럽게 애벌레들의 페이스메이커가 되었다. 2번 애벌레 친구는 나와 비슷한 성향으로 추진력도 좋고 다양한 이벤트를 좋아하는 친구이다. 3번 애벌레 친구는 밝으면서도 다른 사람들을 배려하는 친구이다. 4번 애벌레 친구는 해맑고 달리기부터 헬스까지 다양한 운동을 좋아하는 친구이다.

애벌레 터널을 펼치고 끈으로 서로를 연결한 뒤 달려본

다. 바스락바스락 소리가 난다. 다 큰 어른들이 이렇게 달리는 게 웃기기도 하면서도 재밌는 상황이다. 지나가던 아이가 한참을 서서 관심을 가지고 쳐다본다. 순간 남에게 피해를 주지 않는 선에서 명랑하게 살아가는 것에 대해서 생각해 본다. 나이를 먹어도 명랑함을 잃지 않는 것은 얼마나 중요한가.

7분 페이스로 10분 정도 달리기를 연습하고 2시간 동안 브런치 수다를 떤다. 해외 마라톤을 다녀온 친구의 이야기부터, 번들 렌즈가 마음에 들지 않아 카메라 렌즈를 새로 산 친구의 이야기, 동호회 내에서의 연애에 대한 생각들부터 여러 가지 이야기가 오고 가는 시간이다. 끝으로 내일 우리 잘해보자고 이야기를 마무리한다.

대회 당일, 대회가 열리는 여의도로 향했다. 이 대회를 나가는 목적은 친구들과 함께 하는 것이었지, 빠르게 달리는 것이 목적인 대회도 아니었는데 우리가 하나로 엮여서 달려야 한다는 생각에 책임감이 막중하다. 누가 보면 기록 경신하러 나가는 줄 알겠다. 모두가 연결되어 있고 사람들에게 피해는 주지 않아야 하고, 신경 쓸게 이만저만이 아니었다.

모두 합체를 하고 나면 화장실 가기가 힘들기 때문에,

옷을 입기 전에 모두 다 볼일을 치르고 8시 40분쯤 만나서 애벌레 옷으로 갈아입는다.

"얘들아, 이제 우리 출발해야 해. 다들 몸 연결하자."

"진짜 재밌겠다."

함께 한 동생들이 하나같이 신나 한다. 물론 나도 신났다. 다른 참여자들의 시선에 민망함도 잠시 9시가 되어 대회가 시작한다. 첫 코스튬런에 애벌레라니 괜스레 부끄러운 마음도 들고, 재밌는 감정도 들고 동시에 드는 감정이 참 미묘하다.

"귀여워요."

"대단한데요. 힘내세요!"

지나가던 러너들이 한 마디씩 건네고 간다. 힘이 더 솟는 기분이다. 열심히 힘을 모아 여의도 한강을 달린다.

8.5km 지점, 마지막에 있는 애벌레 친구가 이야기한다.

"나 이제 힘들어." (4번 애벌레)

"힘내." (3번 애벌레)

"속도 좀 낮춰요?" (2번 애벌레)

"속도 좀 낮출까요." (1번 애벌레)

이 모든 것이 10초도 안 되어서 이루어진 팀의 대화였다. 어찌나 단합이 잘 되는지 감탄이 나왔다. 팔 움직이기도 불편한 상황에서 후반부에는 지칠 수밖에 없었다. 모두가 연결된 복장을 하고 있어서 우리는 계속 함께 움직일 수밖에 없었기에 서로에 대한 배려가 필수였다.

"1.5km 남았어. 할 수 있어."

사기를 올려본다. 이어서 동생들도 다 같이 힘내보자고 외친다. 10km 동안 딱 한 번 장애물이 중간에 있어서 넘어질 뻔했는데 오른쪽, 왼쪽 구호를 서로서로 외쳐가며 잘 피하고 중간에 쉼 없이 무사히 완주할 수 있었다.

사실 2024년도 한 해 발 부상으로 예전처럼 빠르게 달리기가 참 힘들었다. 마음처럼 되지 않는 날이 계속되자 마치 안개 가득한 길을 달리는 느낌이었다. 처음에는 속상한 마음이었고 나중에는 마음껏 달릴 수 없음에 답답함이 가득한 시간이었다.

전처럼 빠르게 달리기는 힘들어도 천천히라도 달리면서 달리기를 놓지는 않았던 시간을 보냈다. 달리기 대회에서 친구들 사진이라도 찍을 수 있으면 찍었고, 응원이 필요한 때에는 응원하러 갔다.

나에게는 이번 애벌레런도 달리기를 즐기기 위한 하나의 방법이었다. 흔쾌히 함께해 준 친구들도 고마웠고 이렇게도, 저렇게도 달리기를 즐길 수 있음을 몸소 느낄 수 있었다.

　국회의사당을 지나던 애벌레들이 나중에 시간이 흘러서 모두 나비가 되는 날들을 기대해 본다.

달리면서 하는 순찰은 처음이에요

러닝 붐이 커지면서 러닝크루에 대한 부정적인 인식도 일부 생겨났다. 운동장 트랙 관련 민원이 들어갔을 정도니까 말 다 했다. 사실 러닝크루의 긍정적인 면도 많은데, 부정적인 면들만 주목받은 것 같아 아쉬운 점들이 있다. 러닝 붐이 크게 일면서 여러 러닝크루가 생겨났고 저마다의 목적에 따라 건강을 위해서, 기록을 위해, 열심히 달리는 사람들이 많아졌다.

사실 러닝크루에는 순수하게 운동을 즐기기 위해 모인 사람이 많다. 대부분은 그냥 회사 끝나고 스트레스를 풀러 온 직장인들, 몸 관리를 위해 달리기를 시작한 친구들이다. 달리기의 긍정적인 점도 많다. 강남경찰서와 우리 러닝크루의 첫 만남은 꽤 뜻밖이었다. 선릉을 돌던 운영진 친구에게 강남경찰서 경찰관이 협업을 제안했다. 선릉과 삼성역을 잇는 구역 중 신고 다발 구역이 있었고, 주민 안전을 위해 경찰과 함께 도보 순찰을 하며 그 구간을 점검해 보자는 제안이었다. 그 결과 우리 러닝크루와 경찰관의 합동 순찰 러닝이 열리게 되었다.

"진짜 순찰하면서 뛰는 거야?"

"응, 경찰차도 뒤에 따라온대."

운동을 하면서 사회에 조금이라도 도움이 될 수 있다면

그것만으로도 의미 있는 경험이 될 것 같았다. 순찰 당일, 경찰관 분들과 처음 만나 인사를 나누고 본격적인 순찰을 시작했다. 사실 '순찰'이라는 단어는 익숙하면서도 약간의 무게가 느껴지는 단어다. 실제로 도보 순찰은 무겁지 않게 경쾌하게 진행되었다.

우리는 주민들이 자주 불편함을 느끼는 구간을 중심으로 살피면서, 평소엔 아무렇지 않게 지나쳤을 작은 요소 하나하나에 더 신경을 쓰게 되었다. 가로등 아래 길게 늘어진 그림자는 서늘한 느낌을 준다. 지나가는 고양이 한 마리가 노란빛으로 비친 조명을 받아 길모퉁이를 부드럽게 돌아 나간다. 잔잔히 흔들리는 나뭇잎 그림자가 벽에 춤추듯 드리웠다. 어두운 길목에서는 낯선 분위기가 물씬 풍겨왔다. 혼자 걸으면 신경이 곤두설 수 있는 길이었지만 우리가 여러 명이 함께 걷고 경찰차가 뒤에서 천천히 따라오니, 주변 분위기가 안정되는 느낌이었다. 길을 걸으며 경찰관분들과 이런저런 대화를 나눴다.

"사실 저희도 러닝크루와 함께하는 순찰은 처음이에요."

경찰관 한 분이 웃으며 말했다.

"그런데 꽤 괜찮은 것 같아요. 시민분들도 안심해 하실 것 같은데요?"

그 말을 들으니, 우리가 하는 일이 더 의미 있게 느껴졌다. 순찰이 끝난 뒤, 달리기 타임에 돌입하자마자 다들 들뜬 마음과 함께 책임감을 느끼고 준비운동을 하고, 신호에 맞춰 출발했다. 경찰관분들도 뒤따라오면서 함께 달렸다. 골목 끝에서 작은 수레를 끌고 지나가는 상인 아저씨는 우리를 향해 미소를 보이며 손을 흔들었다.

얼마 뒤, 반포한강공원에서도 경찰과의 두 번째 러닝 순찰이 있었다. 한강을 배경으로 하는 순찰은 처음이라, 한층 가벼운 마음으로 반포를 달릴 수 있었다. 넓은 강변을 따라 많은 사람들이 산책하거나 자전거를 타는 모습을 보며, 이곳에서 우리가 두 번째로 순찰하며 뛰게 되었다는 사실이 새롭게 다가왔다.

경찰관분들과 나란히 달리며 한강공원의 여러 구석구석을 훑어본다. 강변에 드리운 불빛이 물 위에서 반짝이며 일렁이고, 멀리 보이는 아파트 불빛들이 강 위에 투영되어 마치 별이 떠 있는 듯했다. 자전거를 타는 이들의 웃음소리와 잔잔한 강물 소리가 어우러져 한강공원은 평화로워 보이지만 조명이 제대로 닿지 않는 길목이나 숲길은 특히 늦은 밤에 안전에 위협이 될 수 있어 순찰이 필요해 보였다. 또한 도로에 무심하게 주차된 전동 킥보드 등도 정리가 필요한 대상으로 보였다.

최근에 서울에서 반려견 순찰대가 돌아다니는 것을 본적이 있다. 주인과 귀여운 반려견이 함께 다니면서 동네 범죄예방과 안전 순찰 활동을 하면서 올바른 반려견 문화 정착을 해나가는 것이다. 반려견과 산책을 하면서 동네까지 안전하게 만들 방법이기에 여러 주민에게 인기가 많다.

'러닝 순찰'도 어차피 우리 동네를 달리면서 동시에 순찰까지 가능한 것이기에 조금만 생각해 보면 이것 또한 주민 참여 치안 활동에 매우 효율적인 방법이 될 수 있다. 천천히 뛰면서 구역을 빠르게 확인하고, 시민들의 안전한 일상에 도움을 줄 수 있다. 러닝이 단순히 개인의 운동으로 끝나는 것이 아니라, 지역의 안전 문화 확산에도 이바지할 수도 있는 것이다.

"이렇게 계속 순찰하다 보면 다음에는 러닝 순찰을 함께 희망하는 주민분들과도 함께 운동 겸 순찰을 할 수 있지 않을까?"

한강을 달리면서 이야기는 끝이 없었고, 그만큼 달리기가 사회와 연결될 가능성은 무궁무진했다. 우리는 단순히 뛰는 것 이상으로 주위를 살피고, 더 나은 환경을 위해 기여할 수 있는 부분을 발견한 것이다. 이는 다른 운동에서는 쉽게 얻기 힘든 러닝만의 매력이라고 생각한다.

러닝은 기본적으로 개인 운동이라는 인식이 강하지만 때로는 단순한 개인 운동을 넘어 다양한 역할을 할 수도 있다. 러닝 순찰이 러너들에게, 시민들에게도 긍정적인 의미로 자리 잡기를 바라며 러닝을 통해서도 사회에 이바지할 기회들이 러닝순찰 외에도 더 많아지기를 바란다.

티라미수 케이크와 트레이닝

부엌으로 가서 오늘을 위해 미리 사둔 마스카르포네 치즈와 생크림, 설탕, 커피 등을 꺼낸다. 오늘은 달리기를 위한 보강 운동 훈련에 홈베이킹 티라미수 미니 케이크를 1인당 1개씩 가져갈 수 있도록 만들어 가기로 했다.

'아, 이걸 내가 왜 한다고 했지?' 늘 일을 벌이고 나서 생각한다. 일을 벌이는 것은 내 주특기다. 항상 시작할 때는 열정이 가득하다. 연말 세션으로 열린 만큼 뭔가 특별한 간식을 준비하고 싶었고, 그래도 이전 크루장으로서 이 크루에 애정이 있어 수제 간식을 준비한다는 의미도 있었다. 괜히 대용량 간식을 준비한다니까 주변 환경까지 살피게 된다. 머리를 질끈 포니테일로 묶고 청소기를 꺼내서 주변 청소까지 말끔하게 해두고 까치발을 들고 낑낑대며 높은 상부 장에 있던 핸드믹서기도 오랜만에 꺼낸다. 윙윙 베이킹용 핸드믹서 소리가 요란하다. 신청 인원보다 여유 있게 보틀케이크 케이스를 쫙 펼쳐두고 세팅한다. 요리를 좋아하는 내가 이전 자취방에서 사두었던 아일랜드 식탁, 사실 처리하지 못해 현재 이사 온 집까지 가지고 온 골칫덩이인데 이럴 때 참 유용하다는 생각이 든다.

에스프레소와 시럽을 섞어 둔 것에 시트를 적시고 차곡차곡 쌓고, 생크림이 섞인 마스카르포네 치즈도 올린다.

전문 제과제빵사가 아니기 때문에 시간이 오래 걸린다. 허리가 조금 아파진다. 그래도 한다고 했는데 해야지 어떡해. 톡톡. 마지막으로 코코아파우더로 마무리하고 뚜껑을 닫고 위에 Hand made 스티커까지 야무지게 붙여서 마무리한다.

내가 만들었기 때문에 그래도 맛있는지 먹어봐야지. 포크로 시식용 케이크의 맨 아래 시트까지 푹 떠서 음미해 본다. 마스카르포네 치즈의 풍부한 맛과 부드러움이 느껴진다. 단맛이 과하지 않고 에스프레소 커피시럽이 촉촉하게 배어 있어 균형감 있는 맛이다. 다행히 맛있다. 나눠줄 만하다. 그렇게 보틀케이크 하나를 싹 비우고 나머지 케이크를 차곡차곡 담아서 훈련 장소인 트랙으로 향한다.

날씨가 매섭다. 바람이 차갑게 불어 얼굴이 저릿저릿해진다. 하필 오늘 소나기 소식도 있다. 비가 오면 어떡하지? 우려와 달리 다행히 날씨 요정이 도와준 덕분인지 트레이닝이 시작할 때는 비가 그쳤다. 바닥은 축축했지만, 맑은 공기가 마음을 상쾌하게 만들어 준다. 구름이 가득 찬 하늘 아래에서 한 줄기 빛이 내려오며 분위기를 더욱 특별하게 만들어 준다.

이번 트레이닝은 크루 사람들 외에도 오픈 형식으로 다

른 러너들도 참석할 수 있었다. 모르는 분들도 눈에 많이 띈다. 최근에 운동량이 줄어 살이 찌는 느낌이 들어서 나도 오늘은 P 코치의 트레이닝에 참석했다.

"오랜만이네요. 반가워요."

"오늘은 날이 춥네. 힘내보자고."

"처음 오셨어요? 반가워요."

삼삼오오 훈련 참여자들이 모두 모였다. 오늘은 다섯 가지 동작의 서킷 트레이닝을 두 세트 진행하는 특별 훈련이었다. 동작의 사이마다 400m 트랙 한 바퀴를 조깅으로 돌고 와서 또 다른 동작을 진행하고 또 트랙을 돌고 돌아온다. 오들오들 떨던 몸에 금세 열이 올라온다. 안에 긴팔, 중간에는 목까지 올라오는 운동복, 겉옷으로는 바람막이를 입고 참여했는데 땀이 나서 중간에 넥워머와 옷 한 겹에 장갑까지 벗어버린다. P 코치는 각자의 자세를 일일이 점검하며 격려해 주었다.

"배에 힘주세요. 어깨를 쫙 펴주세요!"

모두가 자세를 다시 잡았다. 팔을 흔들어 균형을 잡으면서 동작을 반복하자 땀이 이마를 타고 흘렀다. 동작 자체는 어렵지 않지만, 한 동작당 90초를 유지하면서 계속 몸을 움직여야 했기에 후반부에는 여기저기 곡소리도 들린다.

"여러분, 멈추시면 안 됩니다. 계속 움직이셔야 해요."

미소를 지으면서도 단호한 P 코치의 훈련 지도는 엄격했다. 달리기뿐만 아니라 일상생활에서의 많은 동작이 신체 전면부에서 일어나기 때문에 많은 사람들이 굽은 등을 가지고 있다. 달릴 때도 굽은 등을 펴줄 수 있는 등 운동이 필요한데 오늘 훈련 동작 중 상체를 펼치는 동작도 포함되어 유용한 시간이었다.

추운 날에는 집에서 나오기 가장 어렵다는 말이 정말이지 맞다. 아침에는 침대 속에서 나가기 싫어 발버둥 쳤지만 이렇게 운동을 시작하고 나니 후회가 없다. 땀이 흘러 체온이 올라가고, 몸이 따뜻해지면서 마음도 한결 가벼워졌다.

매운맛 훈련이 끝나고 가방에서 티라미수 케이크를 나누어준다. 크루의 후원 덕분에 커피도 함께 나눠줄 수 있게 되었다.

"와, 언제 이걸 다 만들었어요?"

"사실 티라미수 준다고 해서 훈련 참석했잖아요."

크루원들은 반응이 참 좋다. 내가 속해있는 모임의 사람들은 풍미 깊은 치즈 맛과 커피시럽에 적신 시트의 맛이 조화로운 티라미수 같다. 20대에 끌렸던 강한 자극보다 이제는 이렇게 은은한 티라미수 같은 시간과 사람을 좋아한다. 케이크를 먹으며 크루원들과 이런저런 대화를 나눈다.

"다음 대회 어디 나가요?"

다들 각자의 이야기를 풀어놓는다. 어떤 이는 지난달 대회에서의 경험을 이야기하고, 또 다른 이는 앞으로의 대회 계획에 관해서 이야기한다. 누구나 각자의 속도로 달리며, 각자의 이야기가 있다. 앞에 놓인 티라미수처럼 이야기를 겹겹이 쌓아가며 오늘 밤도 지나간다.

집으로 돌아오는 길, 오늘 하루가 머릿속에 되새겨진다. 추운 날씨에도 불구하고 모두가 함께 땀 흘리고 웃으며 보냈던 시간이 얼마나 소중한지 새삼 깨닫는다. 티라미수를 만들었던 시간, 달리기 훈련하는 동안의 노력, 서로를 마주 보며 나누었던 따뜻한 대화들. 집에 도착했을 때, 주머니에 있던 핫팩처럼 마음 한편에 따뜻한 기운이 자리 잡는다.

달리기를 통해 만난 인연

한여름, 하프 코스 달리기 완주를 목표로 한 러닝 클래스에서 그를 만났다. 정확히 말하면 그 모임은 기록을 위한 모임은 아니었고 마지막에 강원도 영랑호에 가서 하프 코스를 완주하자는 모임이었기에 힘을 조금 빼고 참여할 수 있었다. 그중 가장 눈에 띄는 한 코치가 있었다. 언제나 모자를 푹 눌러쓰고 무표정하게 훈련을 지도하던 그 사람. 무표정의 달인 같았달까? 시간이 지날수록 그의 조용하고 신중한 모습이 매력적으로 다가왔다. 큰 눈에 긴 속눈썹, 오뚝한 콧날이 눈에 들어왔다. 그는 말이 많지는 않았지만, 자신이 맡은 그룹의 페이스를 끌어주는 데에는 누구보다도 열정적이었다. 클래스에서도 거의 이야기를 나누어 본 적이 없으므로 클래스가 끝나면서 그와 다시 만날 일은 없을 것으로 생각했다.

어느 날 회사 근처에 있는 트랙에서 몇 바퀴를 돌고 인스타그램에 그날의 사진을 올렸는데, 뜻밖의 메시지가 도착했다. 바로 그 코치였다.

'여름에 너무 무리하지 말고 철분제도 챙겨 드세요.' 철분제라니? 그가 단지 건강 조언을 해준 거로 생각하려 했다. '왜 갑자기? 그저 달리기 코치로서 조언을 해주는 걸까?'

메시지의 의도를 곱씹어 보았지만, 결국 나는 그가 단지 성실한 코치로서 형식적인 조언을 해준 것이라고 결론 내렸다. 20대의 나는 이런 상황에 대해 더 많은 기대를 했을지도 모르지만, 30대가 되면서 많은 기대를 내려놓게 된 나였기 때문이었다. 혹시 이 사람, 저 사람에게 다 메시지 보내는 거 아닐까? 하는 마음에 같은 클래스를 들었던 친구들에게 물어보았지만, 그 코치님에게 연락받은 적이 없다고 했다.

그 시기에 나는 달리기에 거의 중독된 상태였다. 일주일에 최소 네 번은 달려야 마음이 편해졌다. 어느 날, 그와 메시지를 주고받던 중 "한 번 같이 뛰어요."라는 메시지를 보내보았다. 지금 생각하면 패기가 좋았다.

"좋아요. 마침 오늘 운동복과 러닝화를 챙겨온 날이에요." 그렇게 우리의 첫 만남은 선정릉에서 이루어졌다. 선정릉은 한 바퀴당 2km가 조금 안 되지만 두 개의 작은 언덕이 나와서 쉬운 코스는 아니다. 우리는 나란히 땀을 흘리며 세 바퀴를 돌았다. 이후 카페에서 수박 주스를 마시며 나눈 짧은 이야기. 어쩐 일인지 무엇인가 마음이 간질거리는 대화였다. 그날 이후 알게 된 사실인데, 사실 그는 운동복을 챙겨온 게 아니었다고 했다. 내가 연락하자마자

집으로 다시 달려가 러닝복을 챙겨왔다고.

두 번째 만남은 운동장 트랙에서 이루어졌다. 그날의 훈련은 인터벌 훈련으로, 질주와 휴식을 반복하는 고강도 훈련이었다. 훈련 도중 땀이 눈으로 줄줄 흘러 곤란해하고 있는데 그가 조용히 다가와 손을 내밀었다.

"제 수건 쓰실래요? 저번에 보니까 땀을 많이 흘리시는 것 같아서요."

그의 작은 배려가 이상하게도 부담스럽지 않았다. 그 이후 또 달리기로 약속한 날, 그날 하필 비가 왔다. 오늘은 그를 만나기가 어렵겠다고 생각했지만 내 생각과는 다르게 문자 한 통이 도착했다.

"오늘 비가 온다고 하는데 고기나 먹을까요?"

고기 맛집으로 유명한 곳의 지도를 떡하니 보내왔고, 그의 제안이 부담스럽지 않았다.

"고기 좋아요."

그 뒤로 우리가 함께했던 몇 번의 만남이 지나고 우리는 인생의 동반자가 되었다. 달리기가 우리 부부의 공통 취미이기 때문에 우리는 종종 같은 마라톤 대회에 함께 참가한다. 각자의 목표가 있을 때는 출발선에만 나란히 서고 이후 레이스가 시작되면 각자의 페이스대로 달린다. 가끔

'커플런'에 참여하기도 한다. 나란히 호흡을 맞추며 달릴 때의 기쁨도 이루 말할 수가 없다.

결혼 1주년 맞이 1박2일 '촌캉스'를 하기로 한 우리는 촌 스러운 꽃무늬 누빔 조끼, 점퍼를 입고 처음 가보는 부여 로 향했다. 닭과 강아지 염소가 맞이해 주던 곳. 예약 사이 트에 들어갔을 때 볼 수 있었던 문구 그대로인 곳이었다.

TV도 없는 정말 시골집이어서 오히려 좋았다. 저녁에 별도로 마련되어 있는 대형 천막 안에서 목살을 구워 먹으면서 결혼 1주년에 대해 시간이 참 빠르게 흘러갔다고 되새기며 앞으로 또 잘살아 보자고 해본다. 고기를 먹고 있는 우리 부부에게 아주머니께서 다가온다.

"고구마 구워줄게요."

고구마를 난로에 쓱 밀어 넣고 밝게 웃으시며 불편한 건 없는지 이것저것 물어보신다. 요즘에는 시골에서 여러 가지 자연식을 만드시는 것에 빠지셨다고 이야기도 해주신다. 하루에도 여러 팀을 받으실 텐데 항상 이렇게 밝고 친절하신 마음이 유지되는 것이 신기하다. 그 마음을 오래 기억하기 위해 마음 한구석에 담아본다.

"그렇게 바쁘게 산다고 문제가 해결돼?"

영화 〈리틀 포레스트〉에서 고향집으로 내려온 혜원에

게 친구 재하는 질문을 던진다. 바쁘게 살다가도 때로는 무엇이 중요한지에 대해 생각해 보며 가끔 이런 디지털 거리 두기 체험 '디지털 디톡스'를 종종 해야겠다고 생각했다.

달리기가 우리를 연결해 준 것처럼, 앞으로의 인생에서도 우리는 함께 달리며 나아가겠지. 그 따뜻한 온기와 함께 부여의 밤은 별빛보다 더 빛나는 기억으로 남았다.

내가 바라던 길

때때로 삶은 내가 예상했던 것과 다른 방향으로 흘러간다. 우리가 계획하는 대로 흘러가지 않는 인생의 시나리오는 때로는 우리를 당황하게 하고, 때로는 예상보다 더 멋진 방향으로 이끌어간다. 내가 달리기라는 길을 선택한 것도 그런 우연한 기회들이 쌓여서였다. 열심히 달리고, 이렇게 달리는 생활을 꾸준히 기록하다 보니 우연히, 자연스럽게 좋은 기회가 내게 찾아왔다.

서울시 성동구와 중구에서 달리기 강사로 주 1회씩 구민 분을 대상으로 달리기 강습을 하게 되었을 때, 나는 그 기회를 맞닥뜨린 것이 사실 믿기지 않았다. 물론 혼자는 아니고 다른 멋진 강사분도 함께였지만, 일반 직장인이었던 나에게는 참 새롭고 값진 기회가 아닐 수 없었다. 전에는 예상하지 못한 길을 걷게 된 순간이었다. 달리기는 나에게 단순히 운동이 아닌, 나의 삶을 바꾸어 놓은 큰 전환점이었다.

먼저 성동구의 경우, 주로 살곶이 공원과 서울숲에서 만나 달리기 모임을 진행했다. 초보자분을 대상으로 하는 달리기 코칭이었지만, '코칭'이라는 말이 붙는 순간, 내게도 책임감과 함께 부담스러움이 함께 다가왔다. 그렇지만, 그 부담이 시간이 지나며 점차 내 성장의 발판이 되어

갔다. 그렇게 1주, 2주가 지나고 어느새 성동구에서는 1년이 넘는 시간을 함께하게 되었다. 평일 저녁, 어두운 밤에 경광봉을 들고 페이서 역할을 하며 앞을 밝히는 내 모습이 어느덧 익숙해졌다. 아직도 '코칭'이라는 말은 어색하지만 처음 달리기를 시작하는 이들에게 작은 불빛이 되어주는 존재가 될 수 있다는 사실 하나로 기쁘다.

중구에서는 1인 가구를 대상으로 한 러닝 세션을 진행했다. 처음 러닝 세션을 진행했을 때 느꼈던 1인 가구 분들의 열정이 아직도 생각이 난다. 중구에서 진행한 세션 덕분에 나도 중구의 멋진 곳을 사전에 더 자세하게 들여다보고 본 세션에서 함께 달릴 수 있었다. 덕수궁 돌담길을 달리던 어느 날, 돌담길에 비친 은은한 불빛 조명은 달리는 공간을 운치 있게 만들어 주었다. 동대문 디자인플라자 DDP를 한 바퀴 도는 1km 코스는, 이제 막 달리기를 시작한 분들이 힘들 때 중간에 멈추어서 편하게 쉴 수 있었다. 그곳에서 우리는 함께 숨을 고르며, 다시 일어설 준비를 했다. 그 외에도, 남산타워가 있는 코스를 비롯해 남산 자락길도 산책길 코스가 잘 정비되어 있어서 기억에 남는데, 서울에 많은 달리기 코스가 이렇게 잘 갖추어져 있다는 사실에 놀랐다.

"선생님, 너무 힘들어요. 저 좀 쉬었다 갈게요."

"네, 쉬시고 다음 바퀴에 편하게 합류하세요."

초보자분들이 많다 보니, 항상 그들이 어느 정도 페이스를 유지할 수 있도록 도와주는 일이 중요했다. 그룹별로 페이스를 정하고, 중간에 낙오하시는 분들이 없도록 최대한 신경을 쓰다 보니, 어느 순간 나는 그들이 달리는 길 위에서 함께하는 동반자가 되어있었다. 달리기 코스를 짤 때, 순환 코스로 짜면 초보자분들은 한 바퀴 정도는 조금 쉬었다가 다음 바퀴에 합류할 수 있다는 점에서, 그 방법이 매우 효과적이었다. 그들의 힘든 순간을 지나 다시 힘을 낼 수 있도록 돕는 것이 바로 내 역할이었다.

"선생님, 저 주말에 10km 대회 다녀왔어요. 여기서 열심히 달린 덕분에 완주할 수 있었어요."

"주에 한 번이라도 꾸준하게 달린 게 정말 도움이 많이 되었어요."

"젊은 사람만 이렇게 달리는 줄 알았는데, 함께 달리니까 정말 좋네요."

생각하지 못한 이야기를 들을 때마다, 나는 그저 뿌듯했다. 특히 우리 부모님 세대의 분들이 그런 말씀을 해주실 때면, 그들의 삶 속에 내가 작은 부분이라도 긍정적인 영향을 미쳤다는 생각에 가슴이 벅차올랐다. 나도 구청에서 강의하기 전에는 러닝크루 특성상 또래 친구들과 많이 달리곤 했는데 강의하면서 깨달은 게 하나있다. 모든 운동에는 나이가 없다는 것. 그저 하고자 하는 의지만 있으면 누구든지 즐길 수 있다.

내가 가장 좋아하는 영화는 <라스트 홀리데이>이다. 옛날 영화인데도 불구하고 지금 봐도 전혀 지루하지 않다. 이 영화에서 느낄 수 있는 메시지는 꿈과 목표를 이루는 데 있어 중요한 것은 단지 시간이 아니라 '지금'이라는 순간이라는 것이다. 주인공 조지아 버드는 자신이 좋아하는 것들을 스크랩해 두고 모아두며, 그것들을 '가능성의 책'이라고 부른다. 그 책 속에는 요리를 좋아하는 그녀가 언젠가 가고 싶은 레스토랑부터 가보고 싶은 여행지, 좋아하는 사람과 결혼하게 되는 사진 등 여러 가지 기록이 들어 있다. 주인공은 건강검진 후 시한부 선고를 받고 남은 시간을 어떻게 살아갈 것인가에 대해 고민하다가 자신이 정말 원하는 삶을 살기로 결심한다. 그 결심을 통해, 평소 미뤄왔던 일들을 실천에 옮기고, 꿈을 향해 한 걸음씩 나아간다. '지금, 이 순간'을 놓치지 말고, 그 순간을 살며 꿈을 좇아가자는 교훈을 준다.

Next time, we do things different. We will laugh more, we will love more, we'll see the world. We just won't be so afraid.

다음에는 우리 좀 다른 걸 해보자. 더 많이 웃고 더 많이 사랑하고 세상을 넓게 보자. 겁내지 말자.

에필로그

사람과 사람 사이를 연결해주는 달리기

달리기를 하면서 사회적 가면을 쓰고 있던 저의 페르소나가 많이 벗겨진 것을 느낍니다. 윗사람에게 잘 보이기 위해서, 누군가에게 인정받기 위해서 사회생활을 해왔던 그동안의 제 모습은 일에 있어서는 때때로 필요했지만, 점점 제 안에 있는 모습이 희미해지고 있음을 느꼈습니다.

달리기를 통해서 저도 몰랐던 다양한 모습들을 깨닫고 제 안의 이야기를 하나둘씩 꺼낼 수 있었습니다. 사회적 역할이나 다른 이들의 기대 속에 꽁꽁 숨겨두었던 감정들이 하나씩 떠오르면서 본래 제 모습을 찾을 수 있었습니다.

'아, 내가 이런 걸 좋아했지. 나는 이런 사람이었지.'
'달리면서 온전히 나로 존재하고 있구나.'

저는 사람을 참 좋아합니다. 그래서 상처도 쉽게 받고 누군가의 말 한마디, 무심코 던진 말에 마음이 흔들릴 때도 있습니다. 저의 이면에 있는 여러 감정을 조용히 다듬어주는 것이 바로 달리기였습니다.

SNS를 통해 달리기 이야기를 나누고 사람들과 소통하는 것이 익숙했습니다. 또는 영상을 만들어서 사람들에게 영상으로 제 이야기를 공유하는 것을 좋아하는 편이었습니다. 짧은 글이나 영상이 아닌, 책으로 내 생각을 정리하고 공유하는 것은 새로운 도전이었습니다. 처음 출간 제안을 받았을 때, '내가 할 수 있을까?'라는 의심이 컸습니다. 그렇지만 달리기를 처음 시작했을 때처럼, '그래, 지금 아니면 언제 책을 써보겠어?'라는 마음가짐으로 이 글들을 써 내려갔습니다. 책을 통해 저는 제 생각과 경험을 다시금 정리할 수 있었고, 나라는 사람이 무엇을 중요하게 생각하는지를 다시금 돌아보는 기회를 가졌습니다.

달리기를 하면서 힘들 때도 있었지만 그 끝에 오는 개운함과 성취감으로 계속해서 달리는 힘을 얻습니다. 달리기를 하면서 다양한 기회를 접하게 되었습니다. 이렇게 글을 써서 많은 독자분께 보여드릴 수 있는 기회도 얻게 되었습니다.

먼저 달리기를 시작할 수 있게 해준 Active S 친구들, 크루에서 저에게 항상 많은 영감을 주는 달리기 친구들, 옆에서 많은 것들을 지지해 주는 남편과 가족에게 감사의 말을 전합니다. 그동안 해온 달리기는 단지 저만의 여정이 아니었습니다. 다른 이와 발맞추며 서로의 이야기를 나누고, 서로의 속도와 방식을 맞추어 갔습니다. 그 속에서 저는 혼자가 아니라는 사실을, 더 나은 저로 성장할 수 있다는 확신을 얻었습니다.

앞으로도 오래 달리면서 달리는 이들에게 긍정적인 영향을 줄 수 있는 사람이 되었으면 좋겠습니다. 함께 달리면서 앞으로도 많은 인연을 만들어 나가고 싶고, 제가 달리기를 통해 얻은 기쁨과 성취를 공유하고 싶습니다.

이 책이 달리기를 시작하고자 하는 이들에게 작은 용기를 줄 수 있기를 진심으로 바랍니다.

부록

초보자를 위한 달리기 레시피

마라톤 준비물

단축마라톤부터 풀코스까지 코스별로 마라톤 준비물은 조금 달라질 수 있다. 우선 공통적인 준비물은 다음과 같다.

마라톤 배번, 운동복, 러닝화, 손목시계, 모자(선택사항), 고글(선택사항)

하프코스와 풀코스는 위에 더하여 에너지젤, 러닝벨트, 메이저 대회의 경우 사전에 나누어주는 물품 보관 비닐, 끝나고 갈아입을 옷, 갈아신을 슬리퍼(선택사항)도 챙기면 좋다. 에너지젤은 사람마다 에너지 소모량이 달라서 무엇이 정답이라고 할 수는 없다. 달리다 보면 본인에게 맞는 수량을 파악하게 된다. 보통 하프코스는 한두 개를 챙기고 풀코스에서는 5개 정도를 챙긴다. 이 에너지젤을 넣을 허리에 차는 러닝벨트를 챙기는 것도 중요하다. 10km라고 해서 먹으면 안 되는 건 아니다. 아침을 못 먹었을 경우 시작 전에 미리 먹으면 좋다.

모자와 고글은 단축마라톤에서는 선택사항이지만 해가 강한 날에는 거리가 짧다 하더라도 자외선을 막기 위해 쓰는 것이 좋다. 주로에서 달리는 시간이 길어지는 하프와 풀코스에서는 더더욱 꼭 챙기는 것을 추천한다. 초보자분들이 고글은 달리기 기록이 좋은 사람들만 쓰는 것 아니냐며 부담스러워하는 경우가 있는데 절대 고글이 숙련자만을 위한 전유물이 아니라는 것을 말해주고 싶다. 항상 처음 시도가 어렵지 그다음에는 필요성을 느끼고 계속 챙기게 될 것이다.

한여름, 한겨울에도 달리는 방법

무더운 여름에 달리기는 정말 '자기와의 싸움'이라 할 수 있다. 달리는 순간마다 땀은 샘물처럼 솟구치고, 습한 공기 때문에 숨이 턱턱 막힌다. 이 와중에 벌레들까지 신경 써야 하니, 한여름에 달린다는 것은 쉬운 일이 아니다. 한여름에는 가능한 이른 시간, 저녁 시간 등 기온이 좀 떨어졌을 때 달리는 것을 추천한다. 또한 목이 마르지 않더라도 자주 급수를 해주면서 탈수를 방지해 줘야 하고 무엇보다 옷차림을 잘 갖춰야 한다. 한여름에 러닝할 때는 가볍고 통풍이 잘되는 옷을 선택해야 한다. 가볍고 땀 흡수와 건조가 빠른 운동용 반소매 티셔츠나 민소매, 이른바 싱글렛이 좋다. 요즘은 흡습·속건이 뛰어난 운동복들도 많아 땀이 나도 금방 옷이 마른다. 반바지 역시 통기성이 뛰어난 얇은 소재를 선택하는 것이 좋다. 달리다 보면 특히 허벅지 쪽에 땀이 많이 차는데, 무겁고 답답한 옷은 땀이 고이기 쉽기 때문에 몸의 통기성을 최대화하는 것이 여름 러닝에서 최우선이다.

겨울은 여름과는 또 다른 시험의 계절이다. 한겨울에 러닝을 결심하고 문을 열기까지의 과정이 가장 큰 도전일 것이다. 문제는 겨울의 추위와 바람이 몸에 큰 부담이 될 수 있다는 점이다. 특히 땀을 흘린 후 체온이 급격히 떨어지는 것을 방지하기 위해 적절한 체온 관리가 중요하다. 이를 위해 겨울 러닝은 레이어드가 핵심이다. 우선, 가장 기본이 되는 레이어는 긴팔이다. 기본적인 운동용 긴팔에 얇은 바람막이나 패딩 조끼를 겹쳐 입으면 적당한 보온성을 유지하면서도 뛰다 더워질 때 간편하게 벗을 수 있다. 플리스 소재의 상의를 입는 것도 보온성 유지에 좋다. 하의는 기모가 들어가 있는 긴바지나 속에 기모 처리가 된 레깅스를 추천한다. 이때 긴 양말을 위에 덧신어서 보온을 유지해도 좋다. 달리기를 마친 후에는 땀이 식어 체온이 급격하게 내려가지 않도록 겉옷을 바로 입어서 보온 유지를 해주는 것도 중요하다. 자외선 차단제의 경우 여름, 겨울 할 것 없이 야외에 있는 시간이 긴 만큼 운동 나가기 전에 꼼꼼히 바르는 것이 필수다. 물론 폭염, 폭설 등 악천후에는 집에서 쉬는 것이 좋다.

월간 달리기 거리 중요할까?

꾸준히 달리다 보면 몸이 가벼워지고 달리기 자세도 점점 에너지를 아껴 쓰는 효율적인 자세로 가다듬어진다. 그렇게 점점 10km 이상 달리기에 적합한 몸이 되어간다.

많은 러너가 "월에 얼마나 달려야 하나요?"라는 질문을 자주 한다. 달리기의 목표와 개개인의 상황에 따라 마일리지는 개인마다 달라진다. 생리학적으로 접근한다면 월 마일리지를 늘린다는 것은 조깅량을 늘린다는 것인데 조깅을 통해 우리 몸의 지방 연소 능력을 키울 수 있다. 유산소 운동할 때는 지방을 에너지원으로 사용하여 달리기 때문에 이 지방을 얼마나 잘 연소시키느냐가 오래 달리느냐를 판가름 하기 때문이다. 빠른 기록을 목표로 하는 러너에게 평소 달리기 누적 거리인 '마일리지'를 쌓는 것은 매우 중요하다. 마라톤처럼 긴 거리의 경기에 나가려면 신체가 그 거리에 익숙해질 필요가 있다. 꾸준히 달리지 않다가 갑자기 긴 거리를 뛰면 부상의 위험이 커진다. 신체는 천천히 적응해야 한다. 특히 풀코스 마라톤처럼 장거리를 목표로 할 때는 신체가 그 거리를 감당할 수 있어야만 완주와 기록 모두를 잡을 수 있다. 매달 조금씩 목표 거리를 늘려가는 방식으로 접근할 수 있다. 기록을 목표로 하는 러너에게는 마일리지가 중요하지만 달리기 자체의 즐거움을 추구하는 사람에게는 마일리지가 절대적인 기준이 될 필요는 없다. 중요한 것은 자신의 목표와 체력 상태에 맞춰 꾸준히 달리는 것이다.

달리기라는 운동은 단순히 거리만으로 평가되는 것이 아니다. 무엇보다 중요한 것은 자신이 달리면서 느끼는 즐거움과 성취감이다. 자신만의 방식으로 꾸준히 달리는 것이 가장 중요하다.

초보자가 뛰기 좋은 코스

초보자가 뛰기 좋은 코스를 찾는다면 우선 평지인 곳을 선택하는 것이 중요하다. 평지 코스는 부상의 위험이 적고 몸에 부담을 덜어준다. 가장 쉽게 접근할 수 있는 코스는 트랙이다. 대부분의 지역에는 공공 트랙이 있어서 가까운 곳에서 쉽게 찾을 수 있다. 트랙은 평평하고, 길이가 일정해 속도나 거리를 측정하기에도 좋다. 트랙의 1레인과 2레인은 보통 숙련된 러너들이 자주 사용하므로, 초보자는 트랙의 바깥쪽 레인을 이용하는 것이 좋다. 바깥쪽 레인에서 달리면서 고수들의 훈련 모습을 보는 것도 좋은 학습이 될 수 있다.

또 다른 추천 장소는 동네 공원이다. 공원은 접근성이 뛰어나고, 초보자가 자연스럽게 달리기에 적합한 환경을 제공한다. 공원 안에는 초록색 우레탄 바닥이 깔린 경우가 많아 바닥이 푹신한 편이라 초보자들이 편안하게 달리기 좋다. 주변 경치를 보면서 천천히 달리면서 동네 한 바퀴, 두 바퀴를 도는 것만으로도 큰 성취감을 느낄 수 있다.

강변이나 호숫가 둘레를 달리는 것도 초보자에게 매우 추천할 만한 코스이다. 강이나 호수 주변은 자연 풍경이 잘 어우러져 있어 달리는 동안 시각적인 즐거움도 있다. 물가 근처에서 달리면 잔잔한 물결을 보며 마음이 차분해지고, 물에 떠다니는 오리나 다른 동물들을 구경하는 것도 즐거운 경험이 된다. 이처럼 자연과 함께 달리다 보면 머릿속에 쌓인 고민이 마치 물결에 실려 날아가는 느낌을 받을 수 있다. 또한, 바람이나 자연의 소리도 좋은 동기부여가 되어, 초보자들이 더 오랫동안 달릴 수 있게 도와준다. 초보자가 달리기를 시작할 때 중요한 것은 너무 무리하지 않고 여기저기를 달려보면서 자신에게 맞는 코스를 찾아보는 것이 중요하다.

내가 좋아하는 것들, 달리기

초판 1쇄 발행 ｜ 2025년 3월 28일

글	정주리
펴낸이	이정하
디자인	안박스튜디오

펴낸곳	스토리닷
주소	서울시 서초구 방배동 934-3 203호
전화	010-8936-6618
팩스	0505-116-6618
ISBN	979 - 11 - 88613 -55- 7(03810)

홈페이지	blog.naver.com/storydot
인스타그램	@storydot
전자우편	storydot@naver.com
출판등록	2013. 09. 12 제2013-000162

스토리닷은 독자 여러분과 함께합니다.
책에 대한 의견이나 출간에 관심 있으신 분은 언제라도 연락주세요. 반갑게 맞이하겠습니다.